CIDADES AFUNDAM EM DIAS NORMAIS

CIDADES
AFUNDAM
EM
DIAS
NORMAIS

CIDADES AFUNDAM EM DIAS NORMAIS

ALINE VALEK

Rocco

Copyright © 2020 *by* Aline Valek

Direitos para a língua portuguesa reservados
com exclusividade para o Brasil à
EDITORA ROCCO LTDA.
Rua Evaristo da Veiga, 65 – 11º andar
Passeio Corporate – Torre 1
20031-040 – Rio de Janeiro – RJ
Tel.: (21) 3525-2000 – Fax: (21) 3525-2001
rocco@rocco.com.br
www.rocco.com.br

Printed in Brazil/Impresso no Brasil

Preparação de originais
ISABELA SAMPAIO

CIP-Brasil. Catalogação na publicação.
Sindicato Nacional dos Editores de Livros, RJ.

V245c

Valek, Aline
Cidades afundam em dias normais / Aline Valek. – 1ª ed. – Rio de Janeiro: Rocco, 2020.

ISBN 978-65-5532-007-7
ISBN 978-65-5595-006-9 (e-book)

1. Ficção brasileira. I. Título.

20-63990

CDD: 869.3
CDU: 82-3(81)

Leandra Felix da Cruz Candido – Bibliotecária – CRB-7/6135

O texto deste livro obedece às normas do
Acordo Ortográfico da Língua Portuguesa.

Para a garota que eu fui.

Para a garota que ri lindo.

"Fotos, que em si mesmas nada podem explicar, são convites inesgotáveis à dedução, à especulação e à fantasia."

– Susan Sontag

*"as viagens são daqueles
que nunca deixaram sua aldeia
como as fotografias por direito pertencem
aos que não saíram na fotografia"*

– Ana Martins Marques

GALERIA I: SECA

AS FOTOGRAFIAS E DEPOIMENTOS REUNIDOS NESTA EXPOSIÇÃO SÃO, ACIMA DE tudo, um retrato de ruínas impossíveis de reconstruir: uma cidade aos pedaços, relações que se romperam, pessoas que partiram.

Henri Cartier-Bresson dizia que fotógrafos são aqueles que lidam com coisas que estão continuamente desaparecendo; e que, uma vez que elas desaparecem, não há mecanismo no mundo que as faça reaparecer. Resta apenas a fotografia e, dentro dela, um momento extinto.

Por isso, diante de uma foto, nada acontece; há apenas uma cena a se observar. Fotografias são imagens incapazes de se mover. Quem as põe em movimento é quem observa.

1.

Ninguém sabia como Alto do Oeste havia começado a afundar, nem como, dezesseis anos depois, a cidade ficou novamente descoberta. Os começos se perdem escorregadios, tanto numa ponta da história quanto na outra.

As primeiras fotos, no entanto, são alaranjadas. Disso se sabe porque ficou o registro: a água do lago, que não era das mais limpas, corroeu concreto, asfalto, metal. Lambeu das árvores as cores, deixou-as duras feito esculturas de argila seca.

O movimento silencioso de imagens sendo sobrescritas: as paredes da igreja, que lembravam pedras transparentes no fundo de um riacho quando antes cintilavam ao meio-dia, ficaram foscas como a alma de um pagão; os bancos da praça, monocromáticos, já não mostravam a variedade de caligrafias das pichações que antes os cobriam; pedaços de entulho, amontoados como restos de um navio naufragado devolvido pelo mar, dormiam onde um dia existiu uma parada de ônibus; um pequeno calango se arrastava desconfiado no banco de uma moto, abandonada, nada mais que uma escultura inútil no meio da praça.

Fogo.

As imagens começam assim: Kênia acendendo um cigarro, porque era muito desconfortável ficar diante da câmera quando o seu lugar, de verdade, era atrás dela. Não foi em razão disso que foram registrar essas imagens? Cidades-fantasma não emergiam do fundo de lagos todos os dias.

"Essa história não é minha", ela fez questão de lembrar.

"Querendo ou não, você cresceu nesta cidade, morou aqui antes de tudo afundar." No sotaque de Facundo, um vestígio sutil de espanhol portenho.

A câmera num tripé, apontada para a parede descascada que escolheram usar como pano de fundo.

Do recorte da câmera, não dava para saber se estavam numa casa com as paredes destruídas ou dentro de uma caverna. O tipo de ambiguidade de que Kênia gostava quando escolhia seus ângulos.

"Você tem fotos daquela época?"

"Nenhuma." Ela riu. "Eu nem pensava em ser fotógrafa." Se pudesse voltar no tempo, arranjaria uma forma de se convencer a fotografar qualquer coisa — a rua de casa, o interior do colégio, o lago avançando sobre a pista, o rosto dos colegas que tiveram as casas engolidas pela água. Fariam suas fotos de agora valerem uma grana. Não tinha. Restavam a ela apenas as memórias, que tinham a tendência de ficar distorcidas como uma paisagem vista por uma grande angular.

"Você já sabe como isso funciona." Facundo tossiu para limpar a garganta. Kênia soltou a fumaça e balançou a cabeça, sinal de que estava pronta para começar. Ele perguntou: "Quando Alto do Oeste começou a afundar?"

"Ninguém sabe, na verdade." Sua resposta ecoou junto com a dos outros entrevistados.

Ninguém lembrava, ninguém tinha uma data exata, diziam "olha, não sei" e faziam uma cara confusa, como se de repente percebessem o ridículo de não terem resposta para aquela pergunta tão óbvia. Na edição, essa sequência de respostas imprecisas ficaria linda.

"Quando começou a afundar para você?"

Ela pareceu procurar a resposta nalgum lugar do seu passado, o olhar perdido. Num canto, um cachorro cor de barro se deitava com a barriga e a cabeça no chão, os olhos em pingue-pongue passando de Facundo para Kênia, de Kênia para Facundo. Esperava por qualquer oportunidade de descolar comida.

"Teria sido mais fácil se tivesse acontecido de uma vez", ela disse. "Como nos filmes de ação. A vida pode ser meio decepcionante. Parece que nada acontece, até você reparar que acabou. Que chegou num ponto que não tem mais volta. Foi assim que começou pra mim, acho: quando vi que nada ia voltar a ser como antes."

Kênia apagou o cigarro antes de começar a contar.

2.

ALTO DO OESTE HAVIA SIDO CONSTRUÍDA EM CIMA DE UM MORRO, QUASE QUE cuspida por acaso no meio do mapa. Cerrado e BR por todos os lados, localização geográfica perfeita para continuar no esquecimento.

O lago, que ficava na borda da cidade, levava um pouco de umidade para os moradores e amenizava um pouco a seca, que, como o sol, não abandonava aquele lugar.

O mesmo lago que trazia alívio, quem ia imaginar?, traria também a perdição.

Suas águas escuras permaneciam em silêncio na entrada da cidade, como se não tivessem nada a ver com aquilo, nada a declarar, nada para ver aqui. A pista continuava submersa, o que dificultava o acesso e se impunha como mais uma barreira para as histórias que pareciam esperar do outro lado.

Os urubus deslizavam em círculos num céu sem nuvens. Já não chovia havia meses.

Naquela região, costumava existir o antigo Rio dos Patos, desaparecido fazia quase duzentos anos — a única fonte sobre isso era um documento em que Goiás ainda era escrito com Y, e que descrevia as fronteiras e o território de uma fazenda. Não era possível saber por que o rio desaparecera, ou mesmo por que levava aquele nome. Difícil imaginar patos vivendo por ali. De que tipo eram? Marrecos? Pés-vermelhos? Aqueles grandes, do pescoço verde, que partiam para cima das pessoas? Não importava, ficaram no passado.

A questão é que o lago — artificial — passou a existir no mesmo ponto por onde o curso desse rio um dia passara. Coincidência ou planejamento, aquela parecia uma informação importante, apesar de pouco documentada.

Facundo não achou muito sobre Alto do Oeste na pesquisa que fez antes de embarcar na proposta de Kênia. Achou uma ou duas notícias mais recentes, que falavam do misterioso fenômeno da cidade que reaparecia depois de quase vinte anos submersa. Tudo impreciso, com um tom de notícia curiosa, daquelas que se lê o título e pensa "puxa, que mundo maluco", antes de partir para a seção de fofocas.

ATLÂNTIDA DO CERRADO: CIDADE PERDIDA REAPARECE DEPOIS DE DEZESSEIS ANOS NO FUNDO DE UM LAGO

Lembra de Alto do Oeste? Nós da Redação também não. Submersa há dezesseis anos no fundo de um lago, a cidade deu as caras novamente graças ao agravamento do período de seca, que fez o lago que cobria a região recuar quase a ponto de desaparecer. Foi reportado que ex-moradores voltaram a ocupar o lugar, que está reduzido a ruínas. Até o fechamento desta edição não conseguimos contato com nenhum alto-oestino, mas há uma imagem circulando na rede onde se vê o estado atual das ruas da antiga cidade. O professor Abadia Feijó, do Instituto de Estudo do Meio Ambiente, afirma que não é possível determinar uma causa ou explicação para o fenômeno, mas especula que pode ter acontecido em decorrência das mudanças climáticas que vêm castigando a região Centro-Oeste com a seca mais severa dos últimos anos.

CIDADE QUE AFUNDOU HÁ VINTE ANOS RETORNA E EX-MORADORES QUEREM SUAS CASAS DE VOLTA

Nos últimos dias, os habitantes de Entrepassos não falam de outra coisa: a cidade vizinha, que havia afundado dentro de um lago há vinte anos, está de volta à terra seca. A notícia, que circulou em grupos de WhatsApp com ares de boato, ouriçou ex-moradores do município, que iniciaram um movimento de retorno a Alto do Oeste, também chamada de "Atlântida do Cerrado". O que encontraram por lá? Muita lama e casas em ruínas. Mesmo assim, querem ficar. Em mensagem, Deusiane, alto-oestina que retornou à sua antiga casa, explica: "Tem que voltar, né? Ou daqui a pouco começa a aparecer gente querendo ocupar sua casa. Sempre tem alguém querendo tirar proveito da terra dos outros."

3.

"**P**OR QUE VOCÊ RESOLVEU VOLTAR, CLEITON?"

Facundo ajeitou o gravador enquanto Kênia fotografava o rapaz sentado diante deles. Tinha o mesmo tom pardo que as paredes tingidas pelo lago, inclusive os olhos, iluminados do jeito que Kênia gostava. O foco ficava perfeito.

"Ah, pra começar algo novo, acho." Ele coçou o pescoço.

Começar do zero: não havia eletricidade, saneamento básico, governo, endereços, trabalho, nada. Mas o espaço vazio era algo: casas para ocupar, oportunidades de renda para criar, uma história em branco pela frente.

Cleiton gostava do novo trabalho: receber os visitantes, contar as histórias das ruínas, levar num *tour* pela cidade. Apresentava com conhecimento de causa. "Eu era daqui. Sou daqui." Como se a cidade nunca tivesse afundado, como se nunca tivesse precisado partir. Não precisava decorar roteiro; apontava que ali funcionava um restaurante, ali o colégio, contava dos campeonatos que aconteciam no ginásio. Ainda eram poucos os turistas, mas o suficiente para tirar o sustento. De alguma forma, mais compensador do que calejar as mãos batendo laje, andar de cidade em cidade à procura de trabalho de mexer com os braços. Ali, era só ficar, esperar, conversar. Andar de bicicleta.

Estava animado. A notícia logo ia se espalhar e atrair mais turistas. "Vocês foram os primeiros a vir aqui fazer uma reportagem."

"Não é bem uma reportagem", Kênia disse.

"É mais um documentário", Facundo completou.

Já tinham explicado algumas vezes; o povo ali era muito curioso.

Cleiton não ligava, Cleiton estava otimista: "De um jeito ou de outro, vai espalhar a história. Vai ajudar no movimento, com certeza. Trazer mais gente."

"Quem sabe umas gatas?" Kênia apertou o botão no momento exato da risada. Algo de embaraço naquele sorriso.

"Mulher bonita é sempre bem-vinda", Cleiton disse, a mão na nuca. Passou a olhar para as lentes de Kênia, um vínculo criado ali. Arriscou fazer as vezes de entrevistador e perguntou para a fotógrafa: "E você, por que resolveu voltar?"

Ela não via por essa perspectiva. Não era voltar de verdade se ela não resolvesse ficar, certo? Estava de passagem. "Trabalho", ela respondeu, levantando a câmera, mostrando o motivo — único e óbvio — de estar ali.

4.

Provável que Cleiton fosse o primeiro rosto que um visitante veria depois de atravessar o lago num ônibus-balsa.

A viagem não era das mais agradáveis — o veículo, uma carcaça de um ônibus antigo montada em cima de uma balsa improvisada, fazia um barulho desgraçado, com o motor alimentando os giros da hélice dentro da água. As boias iam penduradas aqui e ali, e não passavam a impressão de estarem confiantes quanto à sua capacidade de cumprir o papel que lhes cabia, caso fosse preciso jogá-las no lago. Faltava a elas a autoestima característica das boias, infladas, firmes, seguras de que flutuavam. Serviam no máximo como um lembrete: "Vai achando que isso aqui não pode afundar, se essa cidade inteira já afundou."

Nas fotografias que Kênia fez mais de perto, dava para ler a marca da viação Rio dos Patos, inscrita na carcaça, com as letras cobertas por muitas camadas de tempo.

O desembarque do ônibus-balsa dava de frente para uma placa, onde o asfalto surgia de repente de dentro do lago. "Bem-vindos a Alto do Oeste, a Atlântica do Cerrado." Se repararam que escreveram "Atlântida" errado, não se deram ao trabalho de corrigir.

Mais adiante, Cleiton aparecia para receber os visitantes, montado numa bicicleta. Seu protocolo era simples: dar as boas-vindas e dizer que o *tour* custava trinta por pessoa, mas só até as cinco da tarde.

"Depois que escurece, só tem um lugar para ficar, o hotel", ele explicou, estendendo o braço fino para o outro lado da praça, onde ficava o prédio do Hotel Aconchego — o único lugar com energia elétrica, por algumas horas do dia.

O terceiro e último andar do hotel era o único que não tinha aquela cor de achocolatado ralo; as paredes, que ficaram fora d'água todos aqueles anos, estavam descascadas e foram esbranquiçadas pelo sol. Aquela marca era espantosa: mostrava o quanto a água havia subido — ou a cidade descido? Não era difícil imaginar o terceiro andar como o sobrevivente de um naufrágio, esperando por resgate com a cabeça erguida para respirar, rodeado de água por todos os lados.

Cleiton começava seu *tour* no centro da praça. Ali era o coração da cidade, onde — como manda o Manual das Cidadezinhas Que Se Prezem — ficava a igreja de Nossa Senhora dos Esquecidos. Em algum lugar por ali costumava ter uma estátua da santa, ele avisou, apontando para o vazio. Seria reformada. Depois para a cruz: "Teve que ser reconstruída, foi pregada na semana passada."

Kênia não precisava de guia para saber o que fotografava. Conhecia bem aquele pedaço. Sua lente procurava os pontos principais em volta da praça, e os registrou em sequência.

Primeiro, a igreja.

Ao lado, o único posto de gasolina, desativado. As bicicletas eram, por enquanto, o meio de transporte favorito. Mais por falta de opção.

Uns restos de parede marcavam o lugar onde antes existiam os quiosques que serviam cachorro-quente e outras boas pedidas, como o xis-granada, talvez a única contribuição de Alto do Oeste para a gastronomia regional.

Na avenida principal, algumas construções ainda de pé, outras nem tanto. Ali costumava funcionar boa parte do comércio local. Kênia fotografou uma a uma: "Ali era uma loja de coisas baratas para casa. Do lado, a *lan house* principal." Carcaças de computador amontoavam-se no interior da loja.

Onde funcionava uma das várias padarias, havia uma faixa amarrada que anunciava: "Em breve, Café dos Afogados."

A loja sem vitrine e sem porta costumava ser uma livraria, a única de Alto do Oeste. "Mas só de livros evangélicos", Kênia explicou, quase que pedindo desculpas.

Fechando a volta em torno da praça, ficava o hotel, reocupado por alguém que viu uma oportunidade de negócios. O gerador era investimento: fazia o hotel ser o mais próximo de civilização por ali, um lugar para dormir e tomar banho com alguma dignidade. Luz atraía dinheiro.

O hotel parecia fazer mais sentido naquele contexto; Alto do Oeste nunca foi para turista. O que alguém ia fazer naquele fim de mundo? Na época, funcionava mais como um ponto de encontro de amantes, Kênia explicou, entre uma foto e outra.

Facundo sentiu falta de prédios públicos. Prefeitura? Câmara de Vereadores? Hospital?

"Ficavam no final dessa rua." Cleiton apontou. "Naquela parte, debaixo d'água. Também foram os primeiros prédios a afundar, junto com a pista de entrada. Foi por ali que tudo começou."

5.

A CAVERNA TINHA PAREDES ÚMIDAS E CHEIAS DE REENTRÂNCIAS, COMO A GARganta de um animal muito grande. Quando Kênia passou por aquelas galerias, as mãos deslizando em rochas com o frescor de milhões de anos, ia logo atrás de Facundo e do guia, tentando se convencer de que o som que ouvia vindo de todos os lados não era o de aranhas gigantes fazendo tricô, mas de seus próprios passos ecoando infinitos no subterrâneo.

O guia apontou para as pinturas com a cerimônia de quem apresenta uma galeria de arte, mas ao redor só havia pedra e um cheiro esquisito que devia ser o de morcegos.

A iluminação não era das melhores, mas Kênia conseguiu registrar os desenhos que já deviam estar ali há 11 mil anos; contavam histórias de porcos selvagens encurralados por pessoas famintas, a figura de uma arara de asas bem abertas, homens em roda, os pênis eretos, não se sabe se festejando ou lutando, pessoas em fila com um lagarto estendido acima da cabeça, com a importância de um deus. Os traços simples, borrados com uma mistura de argila, sangue, gordura, cuspe e terra, eram apenas sugestões de como viviam e o que faziam os habitantes de um passado distante como um sonho.

Nossas tentativas de entender esses registros não passam de esboços. De tão imersa nos desenhos, Kênia deixou de ouvir o que dizia o guia, as perguntas que Facundo fazia. Inútil perguntar qualquer coisa ali, se quem realmente poderia responder não estava mais. Apenas as imagens não eram capazes de explicar o que realmente significava existir naqueles tempos.

Eram tempos de morrer cedo. Uma época em que o esquecimento era bem democrático.

O mais incômodo sobre o Paleolítico era a falta de nomes, a impossibilidade de atribuir os feitos a qualquer indivíduo que fosse; os grandes inventores e artistas e líderes perdidos na mesma pilha de ossos de medíocres e incompetentes e idiotas pré-históricos enterrados em algum sambaqui. Já existiam idiotas naquela época? Kênia tinha certeza que sim.

De repente, o toque do celular de Kênia ecoou pela caverna. "Mãe", o nome apareceu no visor. Atendeu, mesmo achando improvável que o sinal a tivesse encontrado ali tão fundo. O de sempre: queria saber como estava. "Trabalhando, nada de mais." Não teve espaço para explicar que o eco era porque estava dentro de uma caverna; Dona Dinorá desandou a falar, queria contar da Gorete, uma conhecida de longa data, frequentavam o mesmo salão vinte anos atrás. Kênia não se lembrava, não se importava. Sua atenção só voltou quando a mãe perguntou: "Já soube de Alto do Oeste? Gorete me contou que a cidade voltou."

Na sequência cronológica da câmera, as imagens de Alto do Oeste vieram logo depois das fotografias de caverna. As cores nem mudaram muito.

6.

CHEGAR ERA UM MOVIMENTO CONTÍNUO. POR ISSO OS TEMPOS SE CONFUNDEM e se sobrepõem, como se acontecessem simultâneos. O tempo nunca foi uma linha contínua, o espaço nunca foi a segurança da imobilidade, as pessoas nunca contaram a verdade, então que diferença fazia colocar aquelas imagens em ordem?

Importava que todos ali chegaram em Alto do Oeste um dia. Por decisão própria ou levados por alguém. Às vezes, vindos de um útero. Alguns chegavam carregando um pouco de passado, outros chegavam sem nada. Todos se lembravam.

O padre Matias chegou com suas malas na paróquia acreditando que ficaria apenas por um tempo; não era sua ideia criar raízes ali. Calor demais. Ficou treze anos e só foi arrancado dali por uma febre que quase o matou. Da segunda vez, chegou com a convicção de que Deus o enviava para uma missão. Reconstruir o lugar, torná-lo um testemunho de fé.

A adolescente que trabalhava no hotel não teve muita escolha. Chegou com a mãe e o padrasto, ocuparam uma das casas e postos de trabalho que antes não existiam. Aquilo significava adiar o vestibular, talvez desistir de faculdade. Estudar como? Onde? Guardava as respostas para si enquanto atendia os novos hóspedes.

A mãe da garota, dona do café, havia chegado tão pequena que era quase como se tivesse nascido ali. Foi embora com raiva, acreditando que nunca mais precisaria voltar. Os anos se passaram e ela se viu na situação de convencer o marido de que era boa ideia investir no lugar. Morar numa casa sem nada, nem luz, somente com a promessa de que um dia aquilo valeria mais, que finalmente teriam um patrimônio, que ganhariam algo, depois de tanto tempo com a certeza de que nada ali nunca valeu coisa alguma.

Cleiton contou que chegou de carroça, com a família. Quando chegou de novo, estava de bicicleta, sozinho.

O grafiteiro chegou com idade o suficiente para se lembrar do pai, para entender por que se mudaram para longe dele, por que a mãe tinha pressa para arrumar logo um emprego. Tentava não pensar nisso; preferia ficar animado para conhecer a escola nova.

A diretora nasceu ali. Respondeu com a firmeza de uma rocha que testemunhara civilizações nascerem e esfarelarem sem se mover um centímetro.

Antes dela, um xavante chegou para trabalhar na construção civil; era uma época em que precisavam de muitos braços. A maioria das ruas ainda era de terra batida e ele ficaria num assentamento de madeira, com homens mais analfabetos do que ele, mas que o olhavam de cima a baixo como se não fosse bom o suficiente para estar ali, mexendo cimento e comendo marmita fria.

Havia ainda a garota que chegou para morar com a avó. A mãe não podia ficar com ela; nem com ela nem com os irmãos, por um motivo incerto. Ela dizia que a mãe estava fugindo, que fez isso para protegê-los, era uma ativista perseguida, mas que voltaria para buscá-los. "É só por um tempo", a mãe dissera. Aquela parecia a mentira mais frequente por ali.

O jornalista chegou com o sentimento de ter sido enganado. Teve que deixar o jipe atrás de uma placa de disque-gás no meio do nada, na beira da pista que se acabava num lago impossível, porque a colega não sabia que o acesso à cidade continuava submerso. Ele esfregou a testa, olhou para o lago, olhou para trás, para o local de onde tinham vindo, para as centenas de quilômetros que atravessaram, olhou ao redor e calculou que não compensava voltar de mãos vazias depois de tanta estrada. O alívio era que ficaria por pouco tempo naquele fim de mundo: duas semanas. Chegar, fotografar tudo, fazer algumas entrevistas, procurar alguma história. Principalmente tentar não colocar tudo a perder com desentendimentos idiotas. Não tinham verba para isso.

O caminhoneiro chegou com a ideia de ficar. Trocou o volante do caminhão pelo de um ônibus da viação Rio dos Patos, a instabilidade da estrada por uma carteira assinada, comprou uma casa pequena, levou mulher e filha. Estavam acostumadas a mudanças e viagens, moravam onde fosse mais conveniente para o trabalho do caminhoneiro. Mas a criança, vai crescer, precisa de escola, de amigos, de estabilidade, de referências. Não se sabe se foi o argumento da mãe ou a volatilidade do pai que os levaram até ali.

A verdade que ficou foi a da garota, espremida entre pai e mãe na boleia do fretado que carregava tudo o que tinham. Já não era o caminhão do pai, vendido para bancar parte da casa. Nem sequer era Seu Raimundo que dirigia daquela vez; o motorista era um amigo, com quem conversava a viagem inteira. Dona Dinorá, na janela, apontava para o morro: "É ali onde vamos morar agora." Dizia mais para si mesma do que para a filha.

Para Kênia, que chegou ali com o mesmo peso de uma caixa de papelão, aquela era só mais uma aventura. Ela não tinha como saber que passaria tantos anos de sua vida naquela cidade. Não sabia também que chegava ao mesmo lugar onde um dia estaria sentada no chão, suas fotografias espalhadas como um baralho aberto, de repente entendendo que aquelas imagens só faziam algum sentido quando fora de ordem.

7.

Antes de adquirirem aquela crosta e as rachaduras e o toque sempre meio úmido, como o de um filtro de barro, aquelas paredes haviam sido a casa de Kênia.

O muro intacto sem dúvida era uma surpresa; nem todas as casas tiveram a mesma sorte. Portão emperrado. Dentro, sujeira e entulho, carregados pela água.

Os móveis ficaram apenas na memória, onde apareciam arranjados como sempre: no quarto de Kênia, uma cama, armário, espelho atrás da porta. Uma escrivaninha estreita. Os pôsteres de banda na parede. As conversas com as amigas de adolescência, o pedaço de chão onde transou pela primeira vez, as vezes em que bateu aquela porta, aos gritos.

Ao seu redor, realmente nada, quarto vazio, janelas quebradas.

Será que a casa se lembrava? Por baixo das camadas de lodo ressecado, das paredes a menos, dos anos que passou afogada, será que se lembrava de ter sido dela?

8.

A PRIMEIRA IMPRESSÃO TINHA SIDO BOA, MAS FAZIA MUITO TEMPO E KÊNIA TINHA idade e tamanho para se achar uma arqueóloga explorando um labirinto antigo, entre as caixas de papelão espalhadas pela casa nos primeiros dias de mudança.

O quintal tinha o dobro do tamanho naquela época; em alguns anos, a área de mato que nem de longe poderia ser considerada um jardim se transformaria num puxadinho, onde Dinorá abriria sua vendinha de quitutes caseiros. Mas ainda não, ainda mato. A mãe dizia para sair do matagal, podia ter prego enferrujado ou escorpião, mas Kênia ouvia? Não ouvia.

Das grades daquele portão veio sua primeira interação com o mundo que se tornaria o seu. Do lado de dentro, Kênia enchia panelinhas de plástico com pedregulhos, sentada num monte de terra. Por entre as grades conseguiu ver que dois garotos magros a espiavam, como se ela fosse uma atração exótica numa jaula. Pendurados no portão, os meninos trocaram risinhos; a garota tentou em vão um aceno. Riram. Correram rua abaixo e os chinelos bateram nos calcanhares como palmas.

Pouco depois, voltaram a passar diante do portão, uma curiosidade calada, irritantes, ridículos. Kênia se levantou para dizer oi, tirar satisfações, ainda não tinha decidido. Deu dois passos em direção ao portão e eles de novo correram. Kênia confusa: deveria defender seu território? Olhou para as pedras e avaliou se seria uma boa atirá-las da próxima vez que os moleques aparecessem. Não vieram. O próximo rosto que apareceu entre as grades era de uma garota de pernas finas.

"Quem é você?", a estranha perguntou.

"Eu moro aqui." Agachada numa posição pouco digna, Kênia cavava terra usando um galho.

"Eu sou a Rebeca", a garota disse. "Sou a dona dessa rua, só para você saber."

Perfeitamente possível crianças reivindicarem a posse de qualquer coisa enquanto adulto não estivesse olhando. A rua ainda indicava certa modéstia, pouca ganância; ela poderia ter dito que era a dona da merda da cidade inteira, Kênia não contestaria. Nem teria como. Limpou as mãos na bermuda e se aproximou da grade. Os moleques observavam, curiosos, do outro lado da rua.

"Sabe jogar bete?", a menina perguntou.

Kênia nunca tinha ouvido falar. Balançou a cabeça.

"Joga bola?"

O que era aquilo, uma entrevista de emprego? "Depende do quê."

"Vôlei?"

"Não."

Rebeca olhou para os garotos sem acreditar, olhou de volta para Kênia, ficou irritada: "Você joga *alguma coisa*? O que você faz pra se divertir, então?"

Poderia ter respondido que gostava de entrar no mato e procurar pelos besouros grandes, escolher um ângulo, segui-lo com o olhar, observar por horas em silêncio, até descobrir os tão importantes assuntos de besouro que ele teria para tratar do outro lado do canteiro.

Ou encontrar buracos nas paredes para espiar a casa dos vizinhos, ainda que desse em quintal alheio onde ela só pudesse ver tralhas de fazer churrasco jogadas num canto.

Ou escrever diálogos inventados em cima das fotos dos jornais depois que Seu Raimundo os lia.

"Baralho", ela respondeu. "Tenho um jogo da memória."

Nada animador, mas já era algo. Rebeca pareceu avaliar.

"Nós temos uma regra aqui", ela explicou, séria. "Todo mundo que chega precisa deixar um brinquedo comigo."

"Precisa?"

"Pra fazer parte do nosso grupo."

"Não, valeu." Ela não quis ser rude, só não tinha certeza.

"Você não quer fazer parte?" A voz de Rebeca ficava aguda demais quando ofendida.

"Eu só tenho um baralho, se deixar com você, fico sem."

"Não é isso", Rebeca disse, as letras miúdas do contrato mudando em algum lugar da sua cabeça. "Você deixa um brinquedo comigo e eu escolho um pra você. Aí podemos começar a ser amigas."

A oferta apresentada como uma grande vantagem. Parecia até óbvio. Irrecusável.

A garota já tinha descido a rua quando Kênia calçou os chinelos e abriu o portão com cuidado. Saiu com uma caixa de baralhos na mão e sem dizer para a mãe que saía, para onde, por quê. Voltou com uma boneca oca de plástico, sem roupa e com corpo rabiscado. Parecia ter conhecido donos demais, triste e cansada daquele tipo de transação. Não parecia uma troca exatamente justa — o baralho era ilustrado com animais, a caixa ainda novinha —, mas deixar de ser uma forasteira tinha um preço.

Com a boneca, Rebeca ensinou a Kênia que ser alto-oestina significava, sobretudo, acostumar-se a perder.

9.

"REBECA FOI SUA PRIMEIRA AMIGA NA CIDADE?" FACUNDO PARECIA SURpreso. "Ela não pareceu muito feliz em te rever."

"Muita coisa aconteceu até ela ir embora."

"Tipo o quê?"

"A adolescência. Viramos outras pessoas."

"Acha possível ela dar uma entrevista?"

Kênia riu. Duvidava.

"Vou tentar falar com ela de novo." Seu tom era o de quem não prometia nada.

"Você vai ter que me explicar essa história."

"Isso é realmente relevante? Estamos perdendo o foco aqui."

"Tudo bem, na edição a gente conserta."

10.

No dia em que voltou a Alto do Oeste, Kênia levou um susto quando deu de cara com Rebeca. Estava atrás do balcão da recepção do hotel, fazendo anotações na maior falta de vontade, ao lado de um cartaz onde escreveram com pincel atômico azul "Não aceitamos cartão. APENAS DINHEIRO".

A expressão "Você não mudou nadinha" ganhava um contorno bizarro naquela situação, porque não só a cara de espiga de milho era a mesma, como parecia que tinha a mesma idade de quando Kênia a vira pela última vez — treze, catorze anos? Era como olhar para uma foto antiga.

Por um momento, pensou que talvez o ônibus-balsa fosse, na verdade, uma máquina do tempo. Aí sim, estaria tudo explicado. Porque aquele rosto era da mesma garota que havia morado em sua rua, a mesma com quem havia estudado por anos, a mesma valentona, aquela com quem não falava desde... quando elas tinham parado de se falar? Kênia não se lembrava mais. Estava difícil raciocinar, tinha sido um dia difícil; escurecia, estava cansada, precisava comer alguma coisa, dormir. Ficou paralisada pela confusão mental alguns minutos, decidindo o que dizer.

"Você só pode estar de brincadeira", foi o que acabou falando.

A garota não entendeu, nem deu sinal de reconhecer Kênia. Seria bem típico de Rebeca fingir que não a conhecia, só para irritá-la.

"Veio se hospedar, moça?", a garota respondeu, e algo no seu tom indicava achar muito esquisito o jeito como a forasteira olhava para ela.

Facundo chegou com o restante das malas, atravessou Kênia sem perceber o que acontecia ali e disse que sim, três noites a princípio. De repente Kênia pareceu a gringa, sem o menor domínio do português, enquanto Facundo, simpático, conversava com a recepcionista sobre as opções de quartos. Ela mostrou os valores e explicou que com um extra poderiam ter um ventilador. Ele pediu um quarto com camas separadas.

Kênia mal prestava atenção; em vez disso, observava os gestos da garota à espera de que se revelasse, a qualquer momento, uma fagulha de Rebeca, nem que pela duração ínfima de um sorriso sacana de quem se achava muito superior — mas nada. A recepcionista tinha uma timidez que se notava pelas mãos: iam coladas, dedos entrelaçados, como se temesse que escapassem. Tinha lá suas razões para se sentir incomodada.

Em algum momento, Kênia resolveu perguntar qual era o nome dela, como se pedisse desculpas.

"Jéssica", ela respondeu baixinho, como se não tivesse mais certeza de como se chamava.

"Achei que você fosse outra pessoa." Kênia ficou aliviada, mas ainda precisava perguntar: "Você por acaso não conhece alguma Rebeca?"

"Conheço, sim." Entregou as chaves do quarto 03 para se livrar logo daquela maluca. "É minha mãe."

11.

O BURACO NO MURO DO COLÉGIO CONTINUAVA LÁ: POR ELE OS ALUNOS SAÍAM para matar aula; por ele Kênia entrou. O portão estava fechado, uma placa "Em breve" na frente. Não se sabia o quê. Na primeira vez que passaram pelo colégio, Cleiton explicou que não estava aberto para visitantes, mas Kênia garantiu a Facundo que depois voltariam, ela sabia como entrar.

As janelas das salas de aula eram altas e bloqueadas com grades. A preocupação em não deixar os alunos escaparem havia sobrevivido ao tempo, como se um dia tivesse funcionado. A estrutura dividida em pavilhões, os portões gradeados, os cadeados: tudo lembrava um presídio. Não fossem os esqueletos do que haviam sido cadeiras e mesas, talvez o lugar pudesse mesmo cumprir essa função.

O CEAN mal cumpriu sua função de colégio quando existiu; o lugar aparecia mais como uma opção contra o tédio numa cidade que não tinha nada mais atraente para oferecer do que equações, conjunções adversativas, invertebrados marinhos e ditaduras sul-americanas. E um bando de adolescentes, o principal e verdadeiro motivo para qualquer um deles continuar frequentando o lugar.

Entraram em silêncio, e era estranho que Facundo não perguntasse nada, embora carregasse sua filmadora portátil ligada.

Kênia só começou a clicar quando chegaram ao pátio. Ficou um tempo observando uma parede próxima dos banheiros, como se diante de uma relíquia egípcia. O Muro das Ofensas. Não adiantava a coordenação mandar pintar, os professores cobrirem com cartazes de alerta contra as drogas, nada. No dia seguinte, tudo riscado de novo. Canetão, corretivo, giz. Estilete, quando queriam ser mais enfáticos.

Os dedos leram na parede as palavras KÊNIA TRAÍRA, riscadas fundo com uma letra dura, que gritava através do tempo. O lago havia apagado as pichações, mas algumas ofensas persistiam, selvagens, tão sem controle quanto no tempo em que nasceram, no único espaço que os alunos tinham para despejar sua raiva.

Uma voz rouca de repente ecoou pelo pátio: "O que vocês estão fazendo aqui?"

12.

O RETRATO DA PROFESSORA ÉRICA ERA UM MOSAICO, FEITO DE UMA PORÇÃO de vozes.
"Era terrível ser aluno dela", diziam alguns.
"Ela nunca deixava sair mais cedo", lembravam também.
"Não eram só os alunos que tinham medo dela", outros comentavam.
"Ela nunca se esquecia", Kênia disse na sua vez. Impressionante a nitidez da memória de quando conheceu a professora: tinha assistido por engano a uma aula da sétima série, quando seria seu primeiro dia na quinta série. A vergonha ajudou a eternizar a memória, como se espera de qualquer incidente constrangedor.

Coisa da Rebeca: tinha dito que haviam caído na mesma turma, que a sala era a terceira do último pavilhão, que guardasse um lugar para ela enquanto comprava chicletes na banquinha em frente ao colégio. Kênia já devia saber àquela altura que não dava para confiar demais em informações da Rebeca; mesmo assim, não conferiu a lista de alunos pregada na parede antes de entrar. A sala cheia, todos sentados, veio apenas a urgência de não se atrasar. Escolheu um lugar na fileira do canto, abriu o caderno e foi o tempo de a professora voltar para a sala.

A mulher parecia olhar para a turma do alto de uma torre. No quadro-negro, deixou escrito: "Érica Xavante. História."

Escrevia depressa e explicava que naquele ano veriam a época das colônias, o Iluminismo, as revoluções. Kênia em contido desespero, porque não esperava que tudo mudaria tão drasticamente da quarta para a quinta série — por mais que soubesse que seria o fim da infância, o limite que separava seu mundo seguro e conhecido, com materiais escolares coloridos e estojos de bichinhos, de uma realidade em que ninguém estava para brincadeira, muito menos os capítulos do livro de História, de onde escorria sangue.

Quando se lembrou do encontro com a amiga no portão, a ficha caiu. Óbvio que Rebeca a teria mandado para a sala errada, só por diversão. Quis ficar invisível, apesar da súbita consciência de que tinha a idade e o tamanho errados para estar ali.

Kênia sentiu o olhar da professora a atravessar. Devia ter percebido que destoava. O que a denunciara? O caderno com desenho animado na capa? Sua altura? O olhar de quem suava de pânico pela nuca, esperando a qualquer momento ser desmascarada?

Érica não disse nada. O sinal tocou. Os alunos saíram feito correnteza para o pátio. Kênia quis correr sem olhar para trás, mas pareceria ridículo. Fechou o caderno com a calma que imaginava numa aluna da sétima série e voltou para o pátio, onde as amigas, sabendo da história, fizeram questão de rir e apontar *pagou vexa, pagou vexa*, e que agora ficaria marcada, porque a professora Érica nunca esquecia.

Foi quando Kênia ouviu pela primeira vez as lendas, provavelmente da boca de Rebeca.

"Ela é mais velha que o colégio. Mais velha até que a cidade." Não se sabe quem começou a contar.

"A verdade é que ela não envelhece", Rebeca disse.

Contou como se fosse óbvio: Érica Xavante tinha a idade da terra. Diziam que ela viu os brancos chegarem, viu a mata virar fazenda, os corpos castigados pelo trabalho forçado ou deteriorados por doenças impossíveis.

Havia quem acreditasse que nunca foi capturada porque se escondeu numa caverna, e não saiu de lá por décadas. Talvez, nessa caverna, tivesse adquirido o poder da vida eterna.

"Não", outros diziam, "foi lá que recebeu a maldição de viver para sempre, por ter fugido, abandonado os seus."

"Precisava viver para guardar os túmulos dos antigos xavantes, enterrados sob Alto do Oeste." Essa era a versão preferida dos adolescentes, soava como algo que passaria na TV.

Outros contavam ainda que ela viu de perto os seus fugirem e morrerem, os tiros, as crianças aos poucos ficando mais claras, mas ainda descalças. Viu a pobreza ser inventada diante de seus olhos. Viu a terra mudar de dono uma dezena de vezes e sobreviveu a cada um deles, aos incêndios na mata seca, ao desaparecimento dos lobos-guará.

Sobreviveria ao colégio, aos moradores, à cidade de repente afundando. Veria o fim do mundo.

"Ela é uma sobrevivente", diziam os mais sérios.

"Não, ela é imortal", diziam os mais jovens.

"Vai ver por isso é tão boa professora de História", diziam também. "Já viu muita coisa, essa mulher."

13.

"SEMPRE ACHAM QUE INDÍGENA É ESSE SER QUE SÓ EXISTE NO PASSADO." Érica riu quando Facundo perguntou o que ela achava daqueles boatos. A professora imortal. Mas ela não chegou a confirmar nem a negar.

O rosto da professora — ou diretora? — era marcado por vincos que a câmera de Kênia captou em toda a sua profundidade. Seus cabelos continuavam compridos, mas o prateado devorava o negro. A cicatriz profunda na face esquerda continuava ali, debaixo de rugas novas.

Algumas coisas mudavam, outras nem tanto.

Quando Érica os surpreendeu no meio do pátio — *O que vocês estão fazendo aqui?* —, não reconheceu a forasteira de imediato. Kênia, por outro lado, conhecia bem aquele olhar de petrificar alunos, de derreter confiança de adolescente, de fazer os jovens evaporarem em nuvens de "Desculpa, tô indo pra sala agora".

"Professora!", Kênia disse num reflexo. Não era aluna de ninguém fazia tempo.

Érica escaneou a mulher em busca de alguma pista, e se deteve por alguns segundos na tatuagem de sereia do antebraço direito, na bolsa a tiracolo, na câmera pendurada no pescoço, no homem a seu lado que não tinha a menor cara de entender português.

Então era possível Érica se esquecer — Rebeca estava errada. Esquecia e envelhecia, como qualquer pessoa. Mas bastou Kênia se apresentar para que a mulher de feição dura e cabelos cinzentos se desarmasse. Se a invasora era apenas mais uma de suas alunas, estava tudo certo.

Nem Kênia nem Facundo esperavam que o colégio estivesse habitado, tampouco Érica esperava por visitas; mas do encontro inesperado surgiu a conversa; da conversa, o convite para que ficasse diante da câmera e respondesse a algumas perguntas; e disso, a descoberta de que ela havia sido a primeira a retornar à cidade.

Quando chegou, foi morar no colégio. Improvisou um acampamento na sala dos professores, ocupou os armários com suas roupas e alguns aparelhos movidos a pilha. Tinha um plano e não fazia questão de esconder sua ideia: transformar o lugar em um museu.

"Já tenho um bom acervo." Érica levou os dois até o pavilhão onde guardava a maioria dos objetos, enquanto Kênia fotografava. Muitas caixas. As portas trancadas, fechaduras novas. Dentro de uma sala, um barco antigo de madeira, tão fora de lugar que quase pedia desculpas por estar ali. Uma coleção bem preservada de placas, desde a que anunciava "Conserto bicicletas" até a que trazia o número de telefone de um pintor.

Quando Kênia viu a placa "Pão de queijo 0,50", soube exatamente de onde vinha: da venda de Dona Dinorá, tantos anos pendurada no portão de sua própria casa.

Ambos os lados tinham muitas perguntas. O que você está fazendo, como se conheceram, por que voltar para Alto do Oeste? Provável que a conversa tenha acontecido na cantina, enquanto Érica preparava um chá num trabalhoso processo que envolvia acender a lenha para ferver a água. Talvez tenha ficado surpresa quando soube que a ex-aluna tinha virado fotógrafa. *Quem ia imaginar?* Uma mulher feita quase da mesma substância de Érica, do tipo que recebe uma notícia duvidosa e precisa ir lá, checar com os próprios olhos, fazer alguma coisa a respeito, pisar naquela terra para ter certeza que estava, sem dúvida, de volta à superfície. Érica conseguia reconhecer e respeitar aquela teimosia. Já a presença do Argentino — como Facundo passou a ser conhecido na cidade — era mais difícil para Érica entender.

Facundo contou que ele e Kênia se conheceram em Buenos Aires, trabalharam um tempo juntos; estavam fazia alguns meses rodando estrada pelo Brasil, trabalho *freelancer*, fotografar e escrever sobre destinos turísticos improváveis, enfiar-se em cavernas e se meter em qualquer buraco que soasse como a promessa de fotos ou matérias remuneradas. De Alto do Oeste ele não sabia bem o que esperar, Facundo foi dizendo, como se tivesse perdido os freios da fala. Não sabia ainda que recorte buscava sobre aquela história, além do absurdo de uma cidade que emergia de um lago. Talvez buscar a perspectiva dos moradores sobre o evento? Investigar o passado da cidade? Mostrar o cotidiano em meio às ruínas?

A fórmula do sensacionalismo estava ao seu alcance: turismo da desgraça era um nicho com alta demanda, e Alto do Oeste estava bem servida nesse quesito. O cenário de destruição, as pessoas vivendo em situação primitiva, as histórias de gente que perdeu tudo naquele lugar, a oportunidade de debater o abandono do poder público e de investigar as consequências das mudanças climáticas naquela tragédia. Estava tão fácil! Mas, depois da primeira conversa com Érica, depois de ela ter mostrado as peças que fariam parte do museu, Facundo viu que era possível ir além, que aqueles registros podiam ser mais humanos. Que na tragédia alto-oestina se revelava uma essência sobre ser brasileiro que talvez o idioma não desse conta de explicar. Ou mais: talvez pudesse dizer algo sobre a experiência latino-americana de nem sequer conseguir curar as feridas profundas da colonização, porque as desgraças se sucediam e o povo não tinha tempo de lidar com todas elas. Quando conheceu Érica, Facundo percebeu que estava diante da oportunidade de escrever algo que cavasse mais fundo. Que sentido fazia atuar como jornalista autônomo e continuar seguindo os parâmetros limitantes de um jornalismo de Redação, o que segue pautas, o que busca as vendas, os cliques e a audiência a todo custo?

Na prática, aquilo significava que Kênia precisaria fazer mais retratos. A grande angular aos poucos substituída por uma lente mais fechada. A fotógrafa de paisagens passou a perseguir gente, a enxergar cenários em rostos confusos ou nostálgicos ou curiosos ou pacientes, como o de Érica enquanto ouvia Facundo falar.

Para quem olhasse bem, havia algo de cansaço naquela paciência. Cansaço de ter sua história e suas origens vistas como uma narrativa exótica que só valeria alguma coisa quando contada por esse olhar de fora. Como se as pessoas dali fossem incapazes de contar elas próprias suas histórias; mas, em geral, os outros realmente esperavam muito pouco de uma gente que deixou uma cidade inteira afundar. Sentia que eram boas as intenções, mas duvidava que Facundo fosse capaz de entender. Não era sua terra, não era sua língua, nem era questão de ser argentino; aquela história não havia sido feita para o interesse de um homem branco de cidade grande. Tudo bem; serviu mais chá, respondeu às perguntas. Olhava para os fundos da lente de Kênia. Era também uma alto-oestina, e para Érica isso significava que ao menos ela entenderia.

A professora contou que sua primeira reação quando soube de Alto do Oeste foi ter uma crise de riso. Estava em sala de aula, na universidade da capital onde trabalhava, e os alunos não entenderam nada. Érica simplesmente não conseguia parar de rir, como se uma trava dentro dela tivesse sido rompida. Depois, uma aluna disse que achavam que ela estava tendo um derrame; Érica nunca ria daquele jeito.

"O que achou tão engraçado?"

"Faltavam dois meses para sair minha aposentadoria."

Em vez de aproveitar a aposentadoria para ter um pouco de sossego, largou a vida na capital, deixou lá o tempo que finalmente teria para si. Tudo para voltar a um colégio em ruínas, carregada de caixas e mais caixas de entulhos que guardou por anos. Por que voltar? Érica estava certa, Facundo não entendia.

"Todo mundo que voltou deixou alguma coisa aqui. É por isso que se volta. Para buscar."

Kênia fingiria que não, que aquilo nada tinha a ver com ela. Mas Érica estava certa, Kênia entendia.

Quando a entrevista acabou, pediu para que a fotógrafa esperasse um pouco. Érica voltou de uma das salas do seu acervo com uma caixa de papelão, tão velha que se desmanchava. Estendeu para Kênia, que abriu a caixa atrapalhada com o peso, a tampa quase caiu no chão.

Dentro da caixa, Kênia viu alguns objetos:

Um olho mágico.

Bilhetes rabiscados com letras de pichação.

Algumas fitas cassete.

Um livro com a capa rasgada. Ainda dava para ler o título: *Sozinha no mundo.*

A foto de uma jovem mulher grávida, encostada em um carro.

E, no fundo da caixa, um caderno.

A letra redonda e bem desenhada que preenchia as folhas não deixava dúvida de quem as havia escrito. Kênia passou as mãos nas páginas, sentindo o baixo-relevo das letras deixadas no papel. A pessoa que escreveu aquilo o fez com força, como se temesse ser apagada; ou colocava força no pulso porque tinha coisas demasiado duras para escrever.

Reencontrar aquela letra era revisitar um pedaço de passado tão familiar que Kênia quase conseguiu ouvir o ensurdecedor sinal do intervalo, o zumbido dos alunos preenchendo o pátio, o cheiro dos uniformes suados. Não, não era dia de aula, ela sabia que o colégio estava vazio, havia apenas o silêncio de Érica, que esperava ela esboçar alguma reação.

"O que é isso?" Kênia estava amortecida.

"As memórias dela", Érica disse. "Vou querer de volta, claro. Mas tome o tempo que for necessário."

14.

Daqui da calçada não dá para ver o lago, mas ele tem avançado depressa. Não dá tempo de entender quando isso começou. Por onde começar?

Há dezessete anos, quando nasci, num hospital? Não, porque nem lembro. É como se eu não estivesse lá. É como se não fosse minha história ainda.

Acho que começa com as repetições. Com o que fazemos todos os dias: ir ao colégio, passar pelas mesmas casas, ver os mesmos rostos, ouvir o vendedor de quebra-queixo passar às duas da tarde e a vizinha pedir dois pedaços e fechar o portão com o mesmo barulho de sempre. Tudo tão previsível. Morar aqui é como viver numa reprise do Chaves.

A história começa com essa garota (eu) sentada na calçada, pensando no que escrever para um trabalho sobre as minhas memórias. A professora de História disse que precisava ter no mínimo quarenta páginas. Quarenta! Não sei se me lembro de tanta coisa. Talvez ela tenha se enganado, talvez quisesse ter dito quatro ou catorze, porque é impossível escrever quarenta páginas. Vou perguntar a ela amanhã. Enquanto isso, vou escrevendo todas as palavras que conheço.

Muitas das minhas memórias já estão debaixo de toda essa água. Feito a árvore onde eu esperava o ônibus-balsa para ir ao colégio. Hoje só dá para ver as folhas de cima, que parecem gritar "Socorro, eu não sei nadar!". Coitadas.

O ponto de ônibus agora é em cima do telhado de uma casa, quase toda afundada. Dali de cima dá para ver a cidade, no alto do morro, inclinada num ângulo esquisito em direção ao lago. Parece até que está com sede (faz mesmo muito calor aqui), ou que está se afogando. É isso. A cidade está se afogando, mas não grita por socorro.

No fundo dessa água suja também está o caminho que eu fazia todos os dias para ir ao colégio. Na época, eu não precisava flutuar sobre ele, dentro de um ônibus-balsa. Na época, eu ia a pé: portão de casa, minha rua em Jardim Avante, mato, pista, parquinho, muros pichados, a rua dos Correios, um muro com um tucano pintado (propaganda de político), supermercado, e então a rua do colégio. Nessa ordem.

Meu bairro é afastado e o caminho era longo, então às vezes eu pegava carona de bicicleta com meu irmão, que trabalhava entregando água.

Graciano era três anos mais velho que eu e era meu irmão favorito. Ele não implicava tanto e era engraçado, contava piadas.

No caminho, a gente ia cantando, como se estivesse imitando o rádio. Graciano gostava de cantar as do Só Pra Contrariar, eu preferia as das Spice Girls. Quando a gente não cantava, dava para ouvir só o rangido da bicicleta, vermelha e meio velha. Quando descia a ladeira, dava um gelo na barriga porque não dava para confiar no freio, não.

Dali da bicicleta não dava para ver o fim chegando.

Tanta coisa já tinha acontecido, mas era um dia normal, meu dia de ajudar na cantina. Tivemos pão com mortadela de lanche. Eu pensava que nada ruim podia vir de um dia de pão com mortadela no lanche. Mas veio.

Anoiteceu e nada da bicicleta voltar para casa. A vó ficou preocupada, Graciano era responsável, não era de chegar tarde. Trabalhava o dia inteiro, ia para o colégio à noite (estava no terceiro ano) e voltava direto para casa. Naquela noite, não. Naquela noite a cama ficou vazia.

No dia seguinte descobriram, alguém mandou avisar: Graciano levou um tiro na frente do ginásio.

Não morreu na hora, mas deixou uma mancha no chão, no ponto onde caiu. O sangue parecia um mapa. Foi assim que a vida dele acabou, escorrendo por um buraco no meio do peito. Acabou em algum lugar entre aquela mancha escura e o posto de saúde, que não tinha como salvar a vida de ninguém. O hospital já tinha sido coberto pelo lago, o que podiam fazer?

Nada faz sentido nessa história. Quem? Por quê? Como?

Cada um tem uma versão diferente. Gente que diz que viu, gente que diz que sabe. Mas ninguém sabe, não tem como. A verdade deixa de existir no momento em que algo acontece. Impossível recuperar.

Feito as covinhas que ele tinha no rosto, que afundavam mais quando ele contava piadas e ria dele mesmo. Era tão bobão. As covinhas também já não existem. Acho que são essas coisas que ficam na memória. Tudo o que desapareceu para sempre da nossa vida, todas as coisas que só existem enquanto a gente se lembra delas.

Tenho um bocado de memórias, então. Vai ser fácil terminar o trabalho.

15.

Depois do tiro, sobra pouco para contar. Preciso voltar para o começo, ou pelo menos para o que eu achar que é um bom começo. Sei que não é nas minhas primeiras memórias, que passam borradas, como se tudo estivesse debaixo de uma água escura. Nem quando chegamos nesta cidade, eu e meus irmãos. Morrendo de sono, porque era cedo demais.

O colégio é um bom começo. Quando comecei a estudar no CEAN, eu detestei: era longe, os muros eram pichados, o uniforme ridículo, o nome não fazia sentido. Mas pelo menos nesse começo eu estava ganhando algo. Um colégio novo.

Nos primeiros dias, eu não tinha amigos, não conhecia ninguém. Na quinta série, todo mundo parece estar um pouco perdido (matérias novas, muitos professores), então nesse quesito consegui me misturar. Todo mundo se olhava, ninguém chegava perto. Só andava de grupinho quem já tinha estudado na mesma turma antes. Alguns grupinhos e várias pequenas ilhas. Eu, uma delas.

Parecia uma boa ideia sentar no fundo, onde eu podia ver todo mundo e ficar um pouco invisível. Mas eu não sabia que era dia de distribuição de livros, que os professores entregariam os livros que a gente ia usar durante o ano, e que os livros iam passar de mão em mão até chegarem em todo mundo. Os professores explicavam que a gente precisava cuidar bem deles para devolvê-los em bom estado no fim do ano. Os que chegaram em mim tinham sido de alunos que com certeza não se importaram com esse aviso. Tinham a capa rasgada, o papel sujo, tinha um com páginas pichadas.

Quem se sentou na frente tinha se dado bem. Escolhia os melhores e passava o restante para trás. Lá estavam, sentadas na frente, umas meninas que andavam de grupinho. Elas sabiam. A que parecia ser a principal cheirava as folhas de um dos poucos livros novinhos daquela entrega. Não demorou até eu descobrir que se chamava Rebeca.

Eu as via passarem pelo pavilhão como se fossem um bicho só. Rebeca e as meninas, era como eu chamava. Para mim mesma, porque ainda não tinha ninguém para ouvir. Falavam alto, elas. Chamavam a atenção, perturbavam até os meninos. Passavam feito uma pedra que despenca de um precipício. Era o que eu sentia, porque eu sempre tentava ir para o outro lado. Ficar fora de alcance.

Decidi desde os primeiros dias que não queria assunto com elas. Elas pareciam sim aproveitar algumas vantagens de estar sempre em bando, mas a custo de quê? De ficarem sempre juntas, inseparáveis, que é uma forma de prisão. Sozinha eu poderia me mover mais, tomar minhas próprias decisões sem me preocupar em carregar ninguém. Decidi isso, então. Que sobreviveria ao CEAN e as coisas dariam certo ali, e que eu faria isso sem me prender a ninguém. Estaria por minha conta.

Eu já tinha me esquecido disso. Acabou sendo bem diferente.

Um dia, resolvi mudar de lugar para conseguir enxergar o que estava escrito no quadro. Sentei bem na frente. Rebeca chegou atrasada, as meninas da gangue atrás. Quando me viu na carteira dela (não era lugar marcado), veio logo tirar satisfação. Bateu o estojo (de pelúcia) na mesa e gritou: "Esse lugar é meu!"

Tive que informar, do jeito mais calmo que consegui, que não era lugar marcado. Nunca foi. Aqui é a quinta série, um faroeste sem leis, a luta pela sobrevivência. Claro que não vai ter a segurança de um lugar marcado. Não falei tudo isso, mas tentei fazer minha cara dar o recado.

Rebeca se virou e chamou as capangas para se sentarem no fundo. Elas se levantaram e a seguiram, menos uma. A que estava sentada na minha frente. Rebeca chamou de novo: "Bora, Kênia! Vamos sentar no fundo, já que essa fuleira resolveu sentar no MEU lugar."

"Ela sentou no seu lugar, não no meu", a menina disse, achando muita graça. Eu ri também.

O professor chegou e não gostou nada de ver Rebeca em pé no meio da sala, tumultuando a aula. Abanou a menina com as mãos como se espanta um marimbondo que entra na cozinha. Mandou todo mundo abrir no Capítulo 2 sem ter a dimensão do que havia acontecido ali. A queda de um império.

Naquele momento, quis muito ser amiga da menina na cadeira da frente.

16.

Kênia não se lembrava daquela forma. Conhecendo Rebeca, achava provável. Mas, na sua memória, essa aproximação teve a ver com outra garota. Kênia não olhava para a câmera ou para Facundo quando começou a falar dela.

Ninguém gostava quando chegava um novato, mas com Clarissa foi diferente.

Ela vinha do interior de São Paulo; ir morar naquele fim de mundo atestava que algo dera muito errado na vida dos pais dela, mas ainda assim os colegas a viam com uma aura de sucesso ao seu redor. Bem, um anjo caído do céu ainda era um anjo.

Clarissa destoava sem esforço. Pele clara, cabelo liso, sotaque diferente: era o suficiente para ser considerada bonita. Além disso, era alguma novidade: depois de um ano inteiro na mesma sala, com as mesmas caras, ninguém reclamava de ver um rosto novo. Seria alguém para os meninos disputarem, para as garotas enturmarem ou para os dois lados odiarem.

No primeiro dia em que foi apresentada, Rebeca grudou nela. A novata ficou rodeada de garotas, subitamente interessadas em oferecer a ela a vaga de melhor amiga, de parceira com quem poderia contar para todas as horas.

Do seu lugar, Kênia só observava. Rebeca e as outras podiam ser umas idiotas, mas aquele era seu grupo, afinal. Sua vaga parecia ameaçada; àquela altura, já era uma alto-oestina sem graça nenhuma.

"Olha lá", ela comentou, virada para trás, apoiando o cotovelo na mesa de Tainara. "Só gostam da novata porque ainda não está empoeirada igual ao resto de nós. Espera só até ficar encardida dessa cidade. Vão enjoar fácil dela."

Na lembrança de Kênia, foi a primeira vez que falou com Tainara, que ouviu calada. Talvez não concordasse. Continuou a copiar a lição do quadro.

O sinal tocou estridente para anunciar o fim do terceiro horário. Seria mais um daqueles dias sem professores, o que significava também o sinal de ir embora mais cedo. O grupo de Rebeca costumava matar tempo na rampa de skate perto do ginásio, e daquela vez a novata iria também.

"O que você vai fazer hoje?", Kênia resolveu perguntar para Tainara.

"Vou pra casa, ué."

"Legal", ela respondeu, embora olhasse para as garotas que se levantavam juntas no fundo da sala. "Posso ir contigo?"

"Moro um pouco longe."

"Não tem problema, gosto de caminhar. Temos tempo."

Kênia ficou animada em conseguir companhia, sobretudo por ter algo a dizer se as outras viessem perguntar por que ela não queria acompanhá-las aquele dia até o ginásio. Ela sempre ia! O que estava acontecendo?

"Hoje vou sair com a Tainara", ela responderia.

Mas ninguém perguntou.

17.

Eu não estava preparada para levar uma amiga para casa. Eu tinha vergonha de descobrirem que moro aqui. Mesmo assim, não soube como negar quando a Kênia quis ir comigo. Eu ia dizer o quê? Só consegui dizer que era longe, mas ela não se importava.

Menos asfalto e mais rua de terra, esse era o sinal de que a gente estava chegando. Naquela época, Jardim Avante era um loteamento novo. Muitas casas ainda sendo construídas. O lugar era vermelho de tijolo e de poeira, mas vermelho sempre foi minha cor favorita.

Quando chegamos, pedi para ela esperar na porta. Fui segurar os cachorros, porque não sabia como eles reagiriam. O Filé segurei pelas costelas para que não pulasse nela de alegria, mas ele só cheirou as mãos da Kênia. O Xamã, mais peludo, chegou por trás com o rabo balançando baixo, como se desse as boas-vindas. Kênia logo deixou de ser novidade e os cachorros se interessaram mais pelo portão aberto. Aproveitaram para dar uma saidinha.

Eles sempre voltavam, então eu não via problema. Se o portão estivesse fechado, deitavam e esperavam na calçada. Assim, muito civilizados.

Entrei em casa e minha avó apareceu na sala. Pedi a bênção e disse que aquela era uma amiga da escola. Kênia tentou fazer a educada, esperando alguma autorização para entrar. Minha avó perguntou se ela era porteira, e Kênia riu sem entender. "Por que está parada aí na porta? Pode entrar, menina. Tenha medo, não." A panela de pressão chiava da cozinha e minha avó foi cuidar do almoço.

Fiquei com medo de Kênia sentir o cheiro úmido da caixa-d'água. Dava para ver do corredor da sala, porque parte da casa não tinha forro. Mas

Kênia estava mais interessada numa fotografia. Um quadro amarelado que ficava pendurado em cima do sofá.

"São seus pais?"

Respondi que eram pais da minha avó, mas nunca conheci essas pessoas. Elas fazem parte de um passado tão antigo que não consigo me ver como integrante dessa história. Eu poderia ter dito que detestava o retrato, sentia que as pessoas da foto eram impostoras. O homem usava bigode e até lembrava o Lúcio, meu irmão mais velho. A mesma testa franzida, mas todo o resto era fora de lugar. A mulher talvez fosse um pouco índia? Mas tinha os mesmos olhos da minha avó.

Lúcio passou pela sala arrastando os chinelos e gritou "Vó, tô saindo", sem nem dizer para onde. Não falou comigo nem com Kênia. Aquilo o resumia bem: não ficava muito em casa e falava pouco. Como se não quisesse que a gente se conhecesse.

Só de entrar no meu quarto dava para entender que Lúcio não era o único irmão. Eu dormia na parte de cima do beliche, apontei. Debaixo dormia o Graciano e no colchão dormia o Lúcio. Tanta gente num quarto e mal tinha espaço para mais do que nossas roupas, que ficavam num gaveteiro grande.

Ela poderia ter rido ou sentido pena, ou ter ido embora para nunca mais voltar, mas subiu no beliche toda empolgada e disse que era o máximo eu dormir tão alto. De barriga deitada para o teto, disse que devia ser muito legal ter irmãos. Fácil para ela dizer isso, não precisava dividir o quarto com ninguém.

Depois fomos para os fundos da casa. Mostrei onde a gente guardava os brinquedos: bonecas, cavalinhos, um quadro de giz, um toca-fitas velho. Ela tentou ligar, mas estava quebrado. Graciano tinha levado para os fundos para consertar, e tinha tentado usar uma faca de cozinha, fita isolante e um pedaço de arame.

Kênia tentou abrir a parte de trás, como se ninguém tivesse tentado antes. Avisei que não adiantava.

Ela ignorou e mexeu mais. De repente, olhou para mim, muito séria.

Apertou de novo o botão de ligar.

Nada aconteceu, como eu imaginava.

Então, ela começou a imitar uns barulhos de chiado, como se tentasse sintonizar uma estação de rádio. "Bom dia, ouvintes! Estamos no ar com mais um Canta Alto do Oeste! Estamos na linha com um ouvinte que vai pedir uma música. Alô?"

Ela olhou para mim e eu não sabia muito bem o que fazer. Peguei o telefone imaginário e me apresentei: "Aqui é Tainara, de Jardim Avante." Pedi uma música, do Claudinho & Buchecha. Nem precisei dizer qual, ela já sabia, era a que mais tocava no rádio.

"Naquele lugar, naquele local, era lindo o seu olhar..."

Cantei junto "Eu te avistei, foi fenomenal" e nossas vozes seguiram competindo para ver quem acertava mais palavras. Finalmente alguém que gostava das mesmas coisas que eu! Mais ou menos. O favorito dela era o Claudinho, e o meu, o Buchecha. Tivemos que entrar em acordo logo. Vai que a gente conseguisse encontrar com eles em um show, feito a menina da música? A gente também tinha uns doze anos na época, por isso sonhava com esse tipo de coisa besta. Claro que eles nunca vieram tocar perto de Alto do Oeste. Agora que Claudinho morreu e a cidade vai deixar de existir, o sonho acabou de vez.

Quando Graciano chegou, fiquei com medo de que achasse minha amiga doida. Mas ele não demorou a entrar na brincadeira. Foi ele quem cantou a música seguinte e depois imitou voz de propaganda. Rimos, cantamos funk, e minha avó chamou para o almoço.

Ela colocou um prato extra na mesa e fiquei muito satisfeita porque minha primeira visita não tinha sido um desastre total. Kênia voltaria outras vezes, algumas para fazer trabalhos do colégio, outras para fazermos nada.

Ela se sentia em casa ali, do mesmo jeito que eu me sentia à vontade na casa dela.

Ou talvez a gente se sentisse em casa uma com a outra.

18.

KÊNIA FICOU UM TEMPO PENSATIVA ANTES DE RESPONDER A FACUNDO.

"Como ela era? Inofensiva. Boazinha, até. Não encrencava com ninguém. Não era a mais popular, nem a mais estudiosa, aquele meio-termo que não ofende nem ameaça. Talvez por isso todo mundo gostasse dela. Feito um pão de queijo. Ninguém tem nada contra um pão de queijo."

"E quem tiver algo contra está morto por dentro", Facundo observou.

"Isso. Mas, diferente do pão de queijo, ela não era macia por dentro."

"O que quer dizer?"

"Tinha muito sofrimento ali. Mas ela escondia muito bem."

O cachorro se aproximou de Kênia, atraído pelo movimento das mãos. Recebeu um cafuné, teve as orelhas bagunçadas. Gostava disso. Kênia tinha quase certeza de que ele sabia de quem eles estavam falando.

Kênia falou das covinhas de que se lembrava. Tainara sorria muito, quase como se quisesse exibir os buracos na bochecha o tempo inteiro. O sorriso e a caligrafia eram sua marca registrada. Uma letra grande, redonda, firme. Ela era um tipo de escrivã oficial da turma. Quando faltava um professor, ela copiava o conteúdo no quadro; nos trabalhos em grupo, ela escrevia nos cartazes; tudo o que precisava de uma letra bonita, chama a Tainara, ela cuida disso. E ela fazia, porque não negava nada. "Muito boazinha."

Fazia sentido que sua letra tivesse resistido a todos aqueles anos, esperando num caderno para ser lida. Ela esperava ser lida, não? Ou não teria escrito tanto, ou não se importaria em desenhar letras tão legíveis, agradáveis, uma palavra muito bem colocada após a outra. Ela queria ser lida, eles concluíram, um pretexto muito conveniente para usar aquele material no documentário. Tinha importância histórica.

19.

Padre Matias não tinha cara de quem mentia, mas talvez o olhar sereno fosse outra coisa que não o temor a Deus; a sanidade que existia ali parecia ter feito as malas e abandonado a paróquia, a batina e a cidade muito antes do próprio padre. Sobretudo se fosse verdade o que contavam: Alto do Oeste submersa e Matias ainda viveu alguns anos sozinho na pequena ilhota de mato que ficou de fora d'água.

"Facilitava o jejum ficar assim isolado", ele contou para a câmera. Tinha o cabelo arrumado, a barba feita, de um jeito que se desacostumou a ficar, depois de anos parecendo um náufrago.

Mostrou uma foto pequena, que carregava dentro da Bíblia, em que um fiel o abraçava — ou pelo menos um padre de pele escura e barba cheia muito parecido com Matias, que Kênia e Facundo achavam difícil acreditar que fosse mesmo ele. Com frequência, recebia visitas no que passou a chamar de Ilha de Nossa Senhora dos Esquecidos; homens e mulheres de fé faziam a travessia num barco de madeira para ir buscar uma bênção especial pelas mãos daquele homem ungido. Em troca, ofertavam comida, roupas, panelas, ferramentas, livros. "Só a companhia, alguém para conversar, eu já considerava um presente abençoado. Deus não me abandonou."

Caminharam os três no bosque no alto do morro, onde Matias construiu uma pequena capela, com barro cozido. Tinha um aspecto primitivo, e o interior coberto de cera derretida sinalizava uma infinidade de velas acesas no decorrer dos anos, o que ajudava a criar uma aura de sagrado.

Nos anos em que Matias viveu ali, a capela dava vista para um lago de bordas distantes, a superfície lisa como papel, exceto quando passavam as capivaras, em nado sincronizado; mas as lentes de Kênia mostravam uma vista panorâmica das ruínas da cidade, das ruas vazias; em outra época, muito antes de a capela existir, dali dava para ver as motos e os ônibus passando na avenida principal, os telhados das casas, os adolescentes subindo e descendo ladeiras, as senhoras carregando sacolas, os carros de som anunciando ovos ou leite ou sorvete, ecoando "Tragam suas bacias!". A vista privilegiada dali fazia do morro o palco, todos os anos, da encenação da via-crúcis; quem tinha a melhor visão era sempre o sujeito que fazia papel de Cristo, mas só depois de crucificado. "Pai, por que me abandonaste?" foi uma frase muito ouvida pelo morro.

Depois da grande chuva, foi de onde deu para ver a dimensão do estrago.

Padre Matias fez questão de realizar a procissão conforme o programado, mesmo com a água perigosamente perto da igreja, mesmo debaixo de uma chuva teimosa, mesmo com tanta gente mais preocupada em juntar o que tinha sobrado para ir embora de vez.

"É nesse momento que o povo mais precisa de fé", ele disse, e lembrou que celebrou uma missa improvisada bem ali, no ponto mais alto do morro, onde discursou sobre o dilúvio.

Precisava lembrar às pessoas que aquilo já havia acontecido antes, que Deus os estava testando, ou talvez tentando limpar a cidade de toda gente ruim, que era preciso rezar mais se não quisessem se afogar nos próprios pecados, que precisavam ter fé e persistir se não quisessem perder suas casas, que os bons precisavam resistir, rezar, vigiar, jejuar. O tom apocalíptico devia ter soado menos ridículo com as pessoas impressionadas com o avanço rápido do lago. Mas talvez Matias acreditasse profundamente no que dizia, ou não teria se agarrado, enquanto foi possível, àquele pedacinho de terra que restou.

"Peguei dengue", ele contou, quando Facundo perguntou o que o fez sair dali.

Só saiu movido por uma febre que o fez mergulhar em delírios com gosto de vinho, imagens de rãs em brasa, santas cor de barro e rostos indígenas pintados para a guerra. Ficou com manchas vermelhas no corpo e nas vistas, tendo visões de sangue; ao menos, foi o que disse. Quando se recuperou, não o deixaram voltar àquela loucura de morar isolado numa ilhota. Temiam que fundasse a própria seita, pois a notícia do padre náufrago se espalhava e cada vez mais curiosos queriam visitar a ilha. Em vez disso, a igreja mandou

Matias trabalhar em outra paróquia. Que esquecesse Alto do Oeste debaixo d'água; mas o padre sabia que aquela história não tinha acabado, que aquele pedaço de terra ainda teria uma lição para ensinar, que Deus ainda queria dizer algo através dela.

"Todas as orações que fiz em cima desse morro, minha filha, nenhuma delas foi em vão. Depois eu soube. Um milagre estava operando aqui. Se Alto do Oeste afundou, foi para que a gente pudesse contar histórias de esperança."

Não, o padre não mentia, ou ao menos Kênia decidiu que não.

Ainda assim, quando ele voltou para a cidade, Érica já estava lá. O barco de madeira que ele havia usado por anos para entrar e sair da ilha ficou com ela, dentro do futuro Museu da Memória Alto-Oestina. Na lateral, o nome escrito com sua própria caligrafia: Arca de Noé.

20.

O TAPA ACONTECIA LOGO NO COMEÇO. FOI UM EPISÓDIO DESCONCERTANTE; seria melhor que tivesse sido apagado ou, ainda melhor, não acontecido. Mas precisava ser mostrado logo, ou ficaria na história uma lacuna que seria capaz de novamente tragar a cidade para as profundezas.

Foi um tapa seco, bem na cara, e seu ruído isolado seria capaz de rachar as paredes, de ecoar no vácuo, de romper a malha do tempo. Apesar disso, quase ninguém viu, nem ouviu. Os entrevistados que estavam presentes na cena não se lembravam, não estavam prestando atenção.

Um tapa que aconteceu e, ao mesmo tempo, não aconteceu. Dentro do CEAN não dava para ter certeza.

Voava papel dentro da sala. Serpentina de jornal. Chuva de bolinhas. Muitos gritos, uma confusão de corpos. A fúria enjaulada em corpos de onze anos. Deveria ser uma manhã tranquila com artesanato, mas muita coisa acontece em quinze minutos numa sala sem professor. Muita coisa acontece num segundo de uma professora em desespero tentando conter um exército fora de controle.

Quando ela conseguiu agarrar o aluno mais próximo que passava correndo, a imagem congelou. O papel picado flutuava no ar. Nessa velocidade, era possível ver que a trajetória da mão já não podia ser detida, como se seguisse um rumo natural. Atingiu o rosto do garoto com tanta força que fez faísca.

Depois que ela gritou CHEGA, a turma silenciou.

Kênia voltou para seu lugar sem ter ideia do que tinha acabado de acontecer. Não se lembrava de ter visto nada. Rebeca, outra testemunha possível, estava tão ocupada com a bagunça que também perdeu o momento do tapa.

As duas sabiam que algo tinha acontecido. Dias depois, a aula de Artes começou com um pedido de desculpas estranho, meio deslocado. Algo havia saído do lugar, mas só por um tempo, como tudo por ali, e puderam passar anos sem pensar sobre isso.

"Eu lembro", foi com desgosto que Érica disse. Tinha dado tantas entrevistas para os dois que já se sentia bem à vontade diante da câmera, sem se importar em enrolar seu cigarro de tabaco com os dedos não mais tão firmes. "Não estava lá, claro, mas lembro quando a história chegou na sala dos professores. Todo mundo ficou chocado, mas fez de tudo para abafar o caso. Não que gostássemos da Leninha, não que aprovássemos esse comportamento. Não, ninguém aprovava."

Ela fez uma pausa para riscar um fósforo e acender a ponta.

"Mas, de certa forma, todos entendiam. Esse era um medo que nos rondava, a todos os professores. O momento em que seríamos dominados pela vontade de bater num aluno. Não porque odiássemos muito uma criança em particular, nada disso. A pressão da sala de aula, a politicagem, os problemas em casa pelo excesso de trabalho e falta de pagamentos, o descaso do governo, tudo. A qualquer hora isso podia explodir, e o que estaria mais perto para amortecer o impacto?"

Falar sobre os buracos na parede parecia mais fácil depois que as paredes todas desabavam. Não era o tipo de coisa que Kênia — ou qualquer aluno — esperaria ouvir de uma professora como Érica.

"Eu entendia, mas não concordava", a professora continuou, uma fileira de fumaça subindo ao lado de seu rosto. "Nunca precisei gritar, muito menos agredir, para ser respeitada. Leninha era de outro tipo. Era dos que já tinham desistido de tentar, dos que achavam que a única linguagem que os jovens entendiam era a violência. Estava na cara que ia dar nisso. Bem, a sorte dela foi que aconteceu antes de eu ter virado diretora. Comigo ela não teria saído impune só com um pedido de desculpas safado."

"Isso acontecia com muita frequência?"

"No colégio? Não muito. Na cidade? O tempo todo", Érica respondeu, a mão fazendo um passeio inconsciente por sua cicatriz. "Era uma força que se impunha de fora para dentro. Os muros do colégio ainda conseguiam conter um pouco. Às vezes, não davam conta. Vazava. Cobria tudo, como o próprio lago. Chegava a um ponto em que a gente era incapaz de pensar na existência da água, como peixes."

"Como isso se tornou normal? Esse tipo de violência?"

Facundo tinha em mente a violência que parecia brotar do nada, que vinha e passava como o curso de um rio, sem precisar de explicações, sem precisar estar endereçada a ninguém em particular, e que parecia ter sido tão comum em Alto do Oeste quanto cachorros de rua.

Érica riu. "Meu filho, achei que você já tivesse tempo de Brasil o suficiente para saber."

21.

Preciso contar o que aconteceu no final daquele ano. Tem a ver com os Tiagos. Duplinha infernal. Andavam em bando com os outros garotos, aprontavam pelo colégio e enchiam o saco de todo mundo. Não importava o alvo nem a situação, os Tiagos estavam no núcleo da confusão, sempre.

Vai ver por isso se atraíram. Os garotos com o mesmo nome e o mesmo talento para o caos. Se fossem dois garotos unidos para ajudar os colegas, limpar o colégio, fazer o bem, ninguém falaria deles. Não teria a menor graça.

Talvez tivessem medo de ficar invisíveis. Queriam ser notados, de alguma forma. Todo o tempo.

Um dia, a professora de Artes colocou a gente para fazer uns trecos com garrafa pet e canudos de jornal. Fácil dar aula assim, só colocar um monte de coisas coloridas na nossa frente e esperar o expediente terminar. Ela precisava fazer tão pouco que até podia sair da sala, dava um pulo na coordenação, ia beber água, fofocar com as moças da cantina. Vai saber.

Só foi preciso dez minutos, talvez menos. Um dos Tiagos, o branco, teve a incrível ideia de usar os canudos de papel como zarabatanas. Acertou as primeiras bolinhas na cabeça de um, nas costas de outro. Alguns reclamaram, outros xingaram, e outros resolveram dar o troco. Logo os canudos viraram zarabatanas ou espadas. Quem não estava atirando ou batendo estava apanhando. Não vou dizer que fiquei de fora. Eu ia só assistir, sem fazer nada? Minha sobrevivência estava em jogo.

Mirei meus tiros na Rebeca, que estava do outro lado da sala, dando com o canudo nas costas de um garoto.

Algumas meninas fizeram barricadas com as cadeiras, para se proteger. Ou para encontrar um bom ângulo de tiro. O meio da sala virou um campo de guerra, com gente correndo, papel voando, gritos e risadas.

A professora voltou aos gritos. "O que é isso? Vocês estão DOIDOS?" Ela tentou controlar a bagunça, segurou um ou outro aluno na cadeira, mas eram quarenta crianças em rebelião. Todas armadas. Ninguém mais lembrava o que significava autoridade.

A professora tinha perdido o controle, até de si mesma.

Foi muito rápido: ela tentou parar um que passou correndo, não conseguiu. Agarrou o próximo, sacudiu pelos braços, gritou. Explodiu na forma de um tapa na cara. Era a cara do Tiago, o preto.

O barulho saiu seco como um tiro, mas ninguém ouviu.

A professora deu um berro e os que ouviram ficaram quietos. O silêncio tomou a sala e jornal picado aterrissou no chão.

Ela quis saber quem tinha começado aquela palhaçada e ameaçou dar advertência para todo mundo. A turma toda sabia, e nunca faltou caguete. Apontaram para os Tiagos, indivisíveis em qualquer confusão. A professora saiu com os dois direto para a coordenação. Um ficou com tapa, os dois com advertência.

Ainda me lembro do rosto do Tiago quando saiu da sala. Devia estar ardendo, de dor e de raiva.

Ninguém entendeu nada quando na aula seguinte ela começou com um pedido de desculpas. Seco e meio sem explicação (como o tapa). "Queria pedir desculpas para o Tiago, me descontrolei. O que eu fiz não se faz. Mas já conversamos e está tudo bem, não vai se repetir."

O que aconteceu entre o tapa e o pedido de desculpas? A professora foi punida? A mãe dele descobriu? A direção tentou abafar a história? Então era isso, só pedir desculpas e tudo certo?

O que se passou na cabeça de Tiago? Sentiu que merecia? Sabia que era errado apanhar de um professor? Nenhum de nós sabia, na verdade. Nunca tive coragem de perguntar a ele, depois. Acho que ele nem se lembra de mim nessa época. Eu lembro, mas finjo que não. Eu gostava demais dele para deixar ele saber que eu lembrava disso. Agora não faz tanta diferença.

Tudo passou muito rápido: Tiago voltou a aprontar, a professora continuou a dar aulas, nós continuamos a picotar papel, fazer reciclagem e chamar aquela porcaria de arte. Foi isso que me marcou, acho. Não tanto o tapa, mas como as repetições venciam, sempre. Mesmo quando algo muito fora do normal acontecia.

A gente sempre se acostuma, depois de um tempo. Se acostuma com o caminho até o colégio, com os programas da TV, com a cidade sumindo, com os blecautes, com apanhar sem nenhuma explicação. Isso me assusta um pouco. Se acostumar é não conseguir mais diferenciar as tragédias dos dias normais.

22.

"ÉRAMOS MUITO PARECIDAS", KÊNIA CONTINUOU. "TALVEZ POR ISSO TEnhamos ficado tão amigas, tão cedo."

Aos onze ou doze anos, o corpo das duas era igualmente reto, mas não era a aparência o que Kênia tinha em mente. Pareciam-se de outra forma: eram duas observadoras.

Para Facundo não foi difícil entender isso, assim que finalmente leu o caderno. Talvez tenha se identificado com Tainara, achado que a garota teria dado uma ótima jornalista.

"Ela me pareceu alguém que estava prestando atenção", Facundo comentou, como se apontasse algo que as duas tinham em comum.

"Você fala como se a conhecesse." Kênia riu, mas não porque achava engraçado.

"Posso falar pelo que li", ele tentou se defender.

"Exato. Você leu. Você não pode achar que conhece algo porque leu a respeito."

"Você acha que é possível ter alguma ideia do que aconteceu com base no que ela escreveu?" Ele apontava para o caderno fechado sobre o colo.

"É um caderno escrito por uma adolescente, há muitos anos."

Bastava responder sim ou não, era tão difícil? Facundo insistiu.

"O que quer dizer com isso?"

Kênia olhou para fora, a luz caindo. Em vez das suas preocupações com a qualidade da imagem, respirou fundo, ajeitou os ombros e respondeu:

"A verdade se deforma a partir do momento em que alguém a registra. Você, melhor do que ninguém, deveria saber disso."

23.

ANTES DE TUDO AFUNDAR, ÉRICA CONSEGUIU RESGATAR VERDADEIRAS RELÍQUIAS do lixo abandonado na cidade.

Kênia fotografava o processo da diretora no seu trabalho de organizar e categorizar as peças do museu. De uma das caixas, Érica tirou um jornal que se esfarelava.

"*Correio do Oeste.*" Ela lhes mostrou. "Era o jornal local, você deve se lembrar, Kênia."

A data revelava que aquela edição já tinha mais de 21 anos.

A matéria em destaque na capa dizia:

PRAÇA VIRA PALCO DE PANCADARIA

Mais uma vez a praça da cidade, em frente à paróquia, precisou ser isolada pela polícia após um tumulto no último domingo, que terminou com seis pessoas hospitalizadas e duas presas.

Testemunhas contam que a confusão começou por volta das onze da noite, quando os carros estacionados no posto ainda tocavam música em alto volume. A briga teria começado com uma discussão entre duas mulheres, porque uma das suspeitas, identificada como "Monalisa", supostamente teria dançado para provocar o namorado de uma mulher identificada por testemunhas como "Vanessa do Opalão". Logo a troca de ofensas escalou para a agressão física, quando Vanessa partiu para cima de Monalisa com socos e chutes.

Algumas pessoas presentes no local, que pediram para não serem identificadas, contam que a princípio ninguém tentou separar a briga. Abriram uma roda em volta de onde as duas trocavam murros, e apenas riam e torciam, até perceberem que a situação ficava grave. Quando tentaram separar, a briga ganhou proporções épicas. Aparentemente, os envolvidos não concordavam sobre quem defender, e acabaram caindo na porrada em nome das duas.

"Toda vez que esses animais se reúnem na praça dá nisso", diz Hélio Denilson, aposentado, morador da rua de cima. "Muita bebida, droga, música alta que ninguém aguenta. O que vai sair disso? Briga, sangue, porrada na nuca, garrafa quebrada no baço. Qualquer dia isso ainda vai dar em morte, escreve o que estou dizendo!"

Segundo relato da Polícia Militar na ocorrência, as suspeitas de começar a confusão só puderam ser afastadas na base do cassetete. O delegado diz que Monalisa alega não saber por que começou a apanhar. Segundo ela, estaria apenas dançando, sem intenção de provocar ninguém, quando foi agarrada pelos cabelos e derrubada no chão. Monalisa, que recebia atendimento médico no hospital, não quis dar nenhuma declaração. Estava com o rosto desfigurado pelos arranhões.

"Tem cara de picuinha antiga. Nesses casos, um olhar atravessado já é motivo para causar uma explosão. Sabe como são as mulheres", disse o delegado à nossa reportagem.

Outro participante da briga, J.R.S., 17 anos, saiu com alguns hematomas e um corte no braço. "Foi briga por dinheiro, moço. Essa guria tava devendo, daí pagaram a outra para dar uma coça nela. Pro homem não precisar bater na mulher, que é errado, né? Quando começou o empurra-empurra, o pessoal aproveitou pra acertar as contas com quem não ia com a cara. Só sei que desci o pau num arrombado que tava merecendo", o rapaz confessou, enquanto a enfermeira enfaixava seu braço.

A suposta agressora, Vanessa do Opalão, não foi encontrada.

Até o fechamento desta edição, as verdadeiras motivações por trás da pancadaria não puderam ser confirmadas. Os moradores da região pressionam a prefeitura para que tome providências quanto às frequentes badernas na praça. A prefeitura, por sua vez, disse não estar em seu poder reforçar o policiamento aos fins de semana, já que se trata de uma responsabilidade do estado, disse em nota.

Na página 6, uma pequena nota abaixo de uma propaganda de serviços de telemensagens:

CHEIA DO LAGO SURPREENDE MORADORES

A época de chuvas chegou com tudo e já começa a impactar o cotidiano do cidadão alto-oestino. Desta vez, a surpresa foi um repentino aumento no volume do lago, que transbordou e quase alcança a pista. Os jovens já aproveitam a formação dessas piscinas sobre a calçada para se refrescarem com o calor. "Vamos fazer um churrasco na borda do lago no próximo final de semana, quem quiser é só chegar!", anunciou Roberto do Espetinho. A previsão do tempo para os próximos dias é de chuva, mas cerveja também não deve faltar.

24.

O CACHORRO SURGIU AOS POUCOS NAS IMAGENS, UM TANTO PORQUE TINHA A mesma cor das paredes tingidas de barro e era difícil não confundi-lo com a paisagem. Ele sabia que tinha sido visto, no entanto; o farelo de atenção foi o suficiente para começar a seguir os dois andarilhos — e também porque a fotógrafa jogava cascas de pão e não tinha nojo de coçar aquele ponto mágico atrás das orelhas.

Um dia, Facundo voltou e encontrou o vira-lata deitado no quintal: "Quando passamos a ter um cão de guarda?" O bicho abanava o rabo aos pés de Kênia, que fumava um cigarro sentada no chão.

"Foi ele que me escolheu", ela deve ter se justificado.

"Vai ver é seu animal espiritual. Até se parecem."

Kênia riu, embora talvez Facundo quisesse dizer que ela era a versão humana de um vira-lata de cor indefinida e pelos desgrenhados; mas achou melhor não perguntar. Melhor não. Em vez disso, resolveu chamar a atenção para um truque.

"Xamã, o graveto!", ela disse; o cachorro levantou alerta, atravessou o quintal com seus passinhos ligeiros e buscou um pedaço de galho com a boca, todo satisfeito. Colocou perto de Kênia, para que ela jogasse para ele. Tão pouco tempo e ele já havia ensinado a mulher a brincar direitinho.

"Ah, não. Você já deu um nome? Fodeu."

Kênia não via daquela perspectiva; para ela, aquele sempre foi Xamã. Como se o cachorro tivesse brotado das suas memórias, idêntico ao da época em que abandonou sua dona.

25.

Primeiro, escolher madeira seca que pudesse fazer fogo. Variar a grossura era importante. Gravetos, galhos, troncos, raízes finas como cabelos. A casa de Kênia não ficava muito longe de um matagal no topo do morro, onde as árvores não foram tocadas pela água.

Os gravetos e as raízes secas iam na base, no chão limpo do quintal. Depois, os galhos e troncos; os mais grossos sempre por cima. Facundo colocava tijolos em volta da estrutura da fogueira, para quebrar o vento e conter o fogo, enquanto Kênia fotografava.

O argentino fazia os movimentos com a desenvoltura de quem já havia repetido aquele procedimento várias vezes. Estavam acostumados a acender o fogo quando anoitecia, distantes da civilização e mais próximos das estrelas, cruzando fronteiras pelo país, dormindo em barracas em busca de histórias que alguém, talvez, pudesse passar os olhos enquanto folheasse uma revista em um consultório ou salão de beleza nas grandes cidades.

Os dias mais ou menos cômodos no hotel serviram apenas para se instalarem, entenderem o território. Queriam mesmo viver a mais legítima experiência alto-oestina, morando debaixo de um teto cuspido de volta pelo lago. Nem água, nem luz, móveis improvisados. Também o silêncio, ter que buscar água no poço, tomar banho de caneca, dormir acampados sob o teto, cozinhar numa fogueira.

Kênia não temia o escuro, especialmente aquele que existia dentro de sua antiga casa, tão familiar, tão dela. Estava acostumada aos blecautes na época em que viveu ali, quando ela e a mãe dividiam a luz de uma vela sobre a mesa da cozinha, uma preparando massa de pão de queijo, a outra fazendo o dever de casa. Sem o pai, a casa ficou muito mais silenciosa.

Os blecautes começaram depois da grande chuva; não, os blecautes vieram antes; que nada, os blecautes já existiam muito antes da coisa toda acontecer. Cada um tinha um relato diferente, e Facundo já tinha desistido de encontrar qualquer sinal de precisão por ali.

Para começar uma fogueira, primeiro era preciso uma pequena fagulha em palha seca.

Numa dessas noites, Facundo abriu uma lata de cerveja e fez careta quando sentiu que estava morna. Paciência. Engoliu com desgosto e resolveu contar no que estava pensando todos aqueles dias:

"Acho que podemos ficar mais tempo."

Kênia ficou tão surpresa que até desviou os olhos das fotos do dia, que repassava na tela de seu computador com alguma rapidez, porque precisava descarregar a câmera antes que a bateria acabasse. *Ficar mais tempo*. Achou engraçado ouvir aquilo depois de tanto esforço em convencê-lo a segui-la em sua ideia doida. Jurava que Facundo estava com pressa, que queria sair o mais rápido possível daquele lugar, que não veria nenhuma história interessante a se tirar dali; e agora aquela conversa?

"Todas as histórias merecem ser contadas, principalmente aquelas que ninguém mais se preocupa em contar", ele disse. "Por que não a sua?"

Ela riu. Não gostava da ideia de aparecer para sua própria câmera, mas sabia que Facundo ia encher o saco até que ela aceitasse dar uma entrevista.

"Você é um puta de um fofoqueiro, *boludo*, isso sim."

O argentino pareceu satisfeito quando deu mais um gole na cerveja morna.

O fogo nunca vem grande, poderoso, de uma vez. Para queimar os pequenos gravetos, até ter força para consumir os maiores, ele precisa de tempo; e de uma noite inteira para transformar os galhos todos em cinzas.

Paciência.

26.

DEBAIXO DAQUELE SOL ERA MUITO DIFÍCIL TER CERTEZA DO QUE VIA. UM HOMEM de boné encarando a parede de uma casa em ruínas. Na calçada, uma mochila. Ao lado, um punhado de latas?

Vai ver Kênia já se sentia de novo moradora — com cachorro e tudo —, porque se aproximou com toda a intenção de descobrir quem era aquele recém-chegado, de onde vinha e o que fazia ali numa hora de sol forte em que os moradores todos se recolhiam para fazer a digestão.

Quando chegou perto, Kênia reconheceu.

"MDC", ela disse, depois de vasculhar na memória a ordem correta das letras. Quando o homem se virou, veio a certeza. O tempo mudava os rostos, mas não apagava as histórias.

Os dois se encararam por um tempo longo demais. Cada um de um lado da rua, em silêncio, aquele monte de poeira e calor entre eles. Parecia que duelariam.

Quem era aquela mulher, camisa folgada e cabelo preso? Talvez o homem tenha demorado a reconhecer por causa dos óculos escuros que ela usava; mas, assim que reconheceu, atravessou a rua e estendeu o braço.

"De todas as pessoas, olha quem eu vou encontrar", ele disse, num sorriso largo. Aperto de mão firme.

"Por que foi tão estranho esse encontro?", Facundo perguntaria, dois dias depois.

"Porque a gente se odiava", MDC respondeu, ainda tímido com a câmera. "E a gente nunca mais se falou depois que o bagulho todo aconteceu. Cada um seguiu seu rumo e foi isso. Então, quando eu vi que era ela, não sabia muito bem o que sentir, tá ligado? Eu sabia que não deveria gostar dela, mas já fazia tanto tempo que não lembrava mais por quê."

Tiago era como realmente se chamava; MDC era seu nome das ruas, aquele que assinava nos grafites que deixava nos muros. Um nome que inventou quando vivia naquela cidade, atravessava aquelas mesmas ruas, frequentava o CEAN e pichava aqueles mesmos muros que preparava para receber novamente os seus traços.

Seu sorriso também era de artista. Dentes grandes como escudos, com os quais se defendia da própria timidez. Quanto mais desconfortável a pergunta, mais escancarado vinha o sorriso.

Usou bastante esse recurso quando falou para Facundo sobre seu trabalho. Mais sorriso do que palavras. Mostrou ao jornalista alguns de seus trampos, no celular. Seus desenhos tinham chegado longe. Inúmeras ruas, tantos países. Algumas exposições, sim. Trabalhos pra gente grande. Mas pé no chão. Os muros ainda eram suas principais galerias. Tinha estrada pela frente. Um nome em construção.

Era começar a falar de trabalho que Tiago ficava à vontade. Seus gestos fluíam feito água debaixo das roupas folgadas. Não era só trabalho, era identidade. O estilo que assinava era reconhecido em ruas brasileiras ou fora delas: seus desenhos traziam personagens ou objetos formados pela repetição de pequenos elementos geométricos. Fractais caleidoscópicos com cores vibrantes. Letras sólidas. De longe, a pessoa veria uma cena ou um personagem; a dois ou três passos de distância, o personagem de repente se desintegrava em nível molecular. Virava outra coisa. De perto, cada imagem carregava sua própria destruição. Tiago gostava de brincar com perspectivas, e com isso Kênia se identificava.

De repente, a notícia sobre Alto do Oeste. A cidade o chamava de volta.

"Por que voltar?", Facundo continuou.

"Primeiro porque eu não botava fé, precisava ver com meus próprios olhos. Achei que esse lugar tinha ido pro buraco de vez. Foi doida aquela época, a gente não tinha muita noção de como estava perto do fim."

Também porque Tiago teve uma luz repentina quando viu as imagens do estado atual da cidade. Os muros lavados de barro pareciam falar com ele. Pinte-me. Risque-me. Folha em branco para reescrever o início de sua própria carreira.

"Depois, porque é cabuloso demais pintar numa cidade em ruínas", ele concluiu.

Tiago havia levado uma câmera para registrar seus grafites, mas saber que na cidade havia uma fotógrafa profissional mudava tudo. Quando se encontraram para a primeira entrevista, Kênia mostrou sua câmera, explicou sobre as lentes, deu algumas dicas e eles conversaram sobre equipamentos até a gravação começar.

Jamais imaginaram que de novo teriam um gosto em comum. O primeiro foi Tainara.

27.

"Se o final não foi feliz, é porque ainda não chegou o fim", era o que dizia um cartaz na parede da biblioteca. Aquele era meu lugar favorito, quando existia. Ali a gente até parecia civilizado procurando autores por ordem alfabética. Eu gostava dos cochichos entre as estantes, o silêncio com a cara nos livros.

Eu gostava da ordem.

Ninguém precisava mandar o tempo inteiro, a gente simplesmente sabia que não podia falar alto ou pegar as enciclopédias (caras) sem permissão. Era mais um acordo do que uma regra. Quando alguém desobedecia, nem precisava vir a bibliotecária dar bronca. Os próprios colegas se encarregavam das caras feias. Shhhh. O único barulho permitido na biblioteca era esse de panela de pressão.

O silêncio, às vezes, era só tédio. Tinha dias que a gente só queria copiar os textos da Barsa o mais rápido possível para voltar para a rua. Se a turminha da Rebeca estivesse por lá, ficava mais difícil se concentrar. Pareciam uns pombos, não paravam de fazer barulho uma droga de minuto. Pelo menos iam embora logo.

Tinha dias que eu ficava a tarde inteira e via os grupos chegarem e irem embora. Era como se eu fosse uma árvore. Eu via as pessoas andarem pela biblioteca, tirarem livros das estantes, devolverem, irem embora, tudo em alta velocidade. Como se o tempo passasse mais rápido para todo mundo, menos para mim.

Depois de fazer a pesquisa e copiar tudo em papel com pauta, eu partia para os livros que realmente queria ler. Às vezes não tinha nada melhor para fazer. Ou o sol muito quente lá fora.

Uma das meninas do nosso grupo gostava dos livros ilustrados, mas eu achava que ela estava velha demais para eles. Você tá na sexta série, caramba! Pega algo que tenha pelo menos um parágrafo por página, meu Deus. Eu tinha vontade de gritar para ela, mas o grande acordo de silêncio me impedia.

Kênia também preferia livros com figuras, mas eram diferentes. Tinha que pedir para a bibliotecária, porque eram livros grossos, velhos, cheios de gravuras de índios. Índios lançando flechas, fazendo tapioca, carregando bebês em trilhas pela floresta, dançando, pescando. Ela explicou que foram feitas há bastante tempo, por algum artista estrangeiro que veio para cá quando o Brasil era uma terra mágica e desconhecida (hoje em dia é só mágica). Ainda não existiam câmeras fotográficas, então dava muito trabalho registrar aquilo tudo com tantos detalhes. Kênia ficava horas olhando aquelas figuras, parecia até esperar que se mexessem, como filmes mudos em preto e branco.

Várias meninas preferiam os livros de amor. Quanto mais colorida a capa, melhor. Cheguei a ler alguns desses, de tão empolgadas que elas ficavam, mas não consegui entender. Sim, estavam cheios de personagens com a nossa idade, mas pareciam se passar em outro planeta. No mundo desses livros, a pior coisa que podia acontecer era o menino bonito começar a dar bola para a amiga da personagem principal. Nessas histórias, os colégios têm armários, as pessoas passam férias em lugares que nevam e as garotas fazem festa de debutante.

Nunca conheci alguém que tenha feito festa de quinze anos, com direito a vestido longo, dançar a valsa, tirar fotos. Na época em que li esses livros, eu até achava que teria uma festa dessas, mas não rolou. O grande marco dos meus quinze anos foi enterrar meu irmão.

Os livros que realmente me empolgavam eram de outra prateleira. Suspense.

Gosto dos livros de investigação porque também preciso ser esperta, igual aos detetives da história. Descobri que ser inteligente não é tão importante quanto prestar atenção. A Grande Revelação é sempre algo que esteve o tempo inteiro na nossa cara e geralmente aparece no começo da história. O assassino, o lugar onde estava enterrado o tesouro, *a resposta do enigma. Feito meu prendedor de cabelo, que passo horas procurando, reviro a casa inteira, até perceber que estava no meu pulso o tempo todo. Quer dizer, nada que precise ser um gênio para descobrir. É só estar atenta.*

Esses livros eram história, mas também jogo. Quem escreveu colocou ali um desafio e confiou na minha capacidade de vencê-lo. Ele quer que eu encontre as pistas, que eu consiga montar sozinha o quebra-cabeça. Acho legal que alguém que eu nem conheça possa me achar tão inteligente.

Um dos meus livros favoritos da biblioteca se chama Sozinha no mundo. Li mais de uma vez. A garota do livro foi abandonada pelo pai muito pequena, e a mãe morre alguns anos depois, numa viagem de ônibus. Ela fica sozinha na cidade grande, perdida. Procura pelo tio enquanto foge de uma mulher esquisita que quer pegá-la. A aventura toda me arrepia. O que eu faria no lugar da garota? Eu me sentia como ela, meio órfã. Dava medo. Mas parecia libertador.

Aquela história me deu vontade de um dia escrever um livro. Seria de mistério, claro, e seria sobre uma detetive que um dia resolve investigar o paradeiro da sua mãe, que a abandonou ainda pequena. Ela tem só uma foto antiga como pista para descobrir seu paradeiro. Escrevi algumas páginas num outro caderno, mas não sei como continuar. Não faço ideia de onde essa mãe possa estar.

Um dia ainda vou escrever esse livro. Talvez depois que eu terminar esse trabalho sobre memórias. Ainda falta escrever tanto!

Queria conseguir escrever uma história que desse vontade de ler mais de uma vez. Livros de suspense são os melhores: leio a primeira vez concentrada em descobrir o mistério, a segunda já entendida de tudo.

Kênia me perguntou uma vez por que eu gostava tanto de ler de novo a mesma história, se eu já sabia o final. Como se fosse um desperdício eu gastar tempo com livro repetido.

"Porque é tipo fazer uma viagem no tempo. Posso voltar sabendo quem era o assassino e onde o detetive errou." Ela achava que não adiantava nada, se eu não podia impedir o assassinato. Claro que eu podia. Era só ler as páginas em que a vítima estava viva. Para livros, funcionava. Para bibliotecas que afundavam, não.

28.

A cidade começou a afundar bem antes da grande chuva. Eu sei porque as coisas começaram a ficar esquisitas quando Xamã sumiu.

Ele sempre voltava. Isso era tão certo quanto o calor. Alguém abria o portão, ele saía para cagar na rua, voltava e deitava na calçada até alguém abrir o portão de novo. Uma repetição certeira. Um dia, não voltou mais.

Minha avó achava que devia ter ido atrás de alguma cachorra no cio, mas eu achava que ela dizia isso só para a gente não se preocupar.

Filé comia da vasilha com restos de comida sem a menor preocupação, como se também dissesse que esse sumiço era comum. Que eu devia parar de pensar nisso. Mas se passaram dois, três, cinco dias e nada de Xamã voltar.

Tinha algo estranho. Falei com Graciano e resolvemos fazer uma busca. Rodamos Jardim Avante inteira, da terra ao asfalto, das ruas de casas até o comércio. Nenhum sinal do nosso vira-lata amarelo de pelo surrado. Ele já devia estar longe, fiquei aflita. Graciano tinha esperança.

Resolveu ir perguntar no boteco perto da pista, mas ali ninguém tinha visto cachorro nenhum. Desconfio que não teriam visto nem se um elefante atravessasse a rua. Graciano perguntou para as velhas sentadas nas calçadas, para os mototáxis estacionados, para os meninos jogando bola. Nada, nada, nada.

Nenhum dos cachorros rodeando a padaria se parecia com Xamã. Subimos até Alto do Oeste e as nuvens escuras começavam a pesar no céu. Vinha tempestade. Graciano mandou apertar o passo e corremos até o outro lado do morro. Descendo ali, tinha um lixão.

Todo tipo de bicho pulando pelas sacolas: pombos, cachorros, urubus. Outros que eu esperava não ter que descobrir o que eram. O resto dos restos. Fedor de coisa esquecida. Eu não ia descer ali de jeito nenhum!

"Você fica quieta aí", Graciano disse e foi, desviando do entulho, garrafas, sacolas meio arrebentadas. Gritava "Xamã, Xamã!", mas os latidos que vinham como resposta pareciam dizer que não tinha ninguém com aquele nome por ali, não.

A chuva batia no telhado como um marido nervoso. Fiquei olhando da janela o mundo desbotar com toda aquela água escorrendo, a mesma água que devia estar ensopando o pelo de Xamã. Além de molhado, talvez estivesse machucado, perdido.

Em casa, Graciano veio com a ideia de fazer cartazes. "Perda de tempo. Esse cachorro já era", foi tudo o que Lúcio conseguiu dizer, sem tirar os olhos da TV. Passava Chaves.

A forma de Graciano discordar do idiota do Lúcio foi destampar uma canetinha e começar a escrever "Procura-se". Tentou fazer um desenho de Xamã e pedi para ele caprichar nas orelhas. Tinha certeza de que esse detalhe ia ajudar a reconhecê-lo.

Xamã ficava com as orelhas baixas, caídas, quando sentia que vinha chuva. Por isso a vó tinha escolhido aquele nome. Era o único cachorro que adivinhava o tempo, não tinha como confundir com outro.

Era um cachorro tranquilo, ficava feliz de comer nossos restos. Só cagava na rua. Cuidava dos assuntos dele e era sempre pontual para voltar. Tinha olhinhos de quem sabia guardar segredo. Esperava paciente alguém se aproximar e abrir o portão para ele entrar. Não pedia. Esperava. Respirava pesado quando a gente coçava a barriga dele. Corria de pernas curtas rua abaixo e fazia levantar nuvens de terra. Fazia companhia enquanto minha avó estendia as roupas, deitado no chão sem se importar se pingasse na cabeça dele.

Talvez essas informações fossem úteis de colocar no cartaz, mas não tinha espaço. Quem é que lia aquilo tudo?

O pior é que Lúcio estava certo. Perda de tempo colar aqueles cartazes nos becos, postes, nos muros, nos bancos da praça, no mural do colégio. Xamã não ia voltar. Não voltou.

Fiquei um bom tempo repassando mil teorias na cabeça. Ele podia ter entrado numa briga de cachorros e se machucado muito, a ponto de não *conseguir voltar. Ele podia ter sido atropelado. Sequestrado. Roubado. Ele podia ter morrido doente, de fome ou de maldade dos outros.*

Ou pior. Ele podia ter resolvido nos abandonar. Tinha cansado da gente (não seria o primeiro). Pensar aquilo doía, então resolvi esquecer. Aceitei que não o veria nunca mais e ficou mais fácil. Funcionava sempre.

Um tempo depois, no colégio, soube de mais um cachorro que desapareceu. Um outro que fugiu.

Na época, acho que ninguém reparou. Aos poucos, os gatos de rua foram sumindo, talvez porque os ratos também tivessem desaparecido. Hoje não se vê mais gatos pulando os muros, nos telhados, a gritaria que era quando faziam aquelas orgias. Mas já é comum ver capivaras perto do ponto de ônibus, ou com as cabecinhas fora d'água do outro lado do lago. E sapos, muitos sapos.

Pode ser que naquela época alguém tenha matado os gatos, dado um sumiço nos cachorros, só por maldade. Não duvido. Mas olhando daqui, depois de tudo o que aconteceu, parece que eles sabiam que seria melhor sair da cidade. A gente é que demorou demais para entender.

29.

EM PLANO ABERTO, O LUGAR ERA DE SE PERDER. GALHOS RETORCIDOS SE prendiam como teias na paisagem e o sol projetava uma sombra dura sobre as pedras, únicos pontos de referência para o olhar num cenário onde nem o horizonte, um abismo azul com manchas amarelas, nem ele sabia onde ia parar.

Kênia e Facundo trabalhavam na Chapada dos Veadeiros, meses antes de chegarem a Alto do Oeste. Ela dissera a Facundo que não precisava acompanhá-la de novo, já que ele sempre ficava com tédio naquelas horas de espera que a Boa Fotografia exigia para acontecer. Resolveu ir mesmo assim, munido do seu gravador.

"Parece que uma foto nasce nos segundos de um clique, mas, na verdade, ela vem de uma busca que começou muitos dias antes. Algumas fotografias precisam de anos para serem tiradas", Kênia disse, enquanto posicionava a câmera.

A busca era por um lobo-guará. O pessoal da região havia garantido que ainda existiam por ali, mas passaram-se dois, três, cinco dias voltando àquela área e nada, nem sinal de orelhas ou focinhos. Pássaros, sim, pássaros muitos. Kênia capturou águias, carcarás e até uma ema.

"Não está bom? Vamos logo seguir viagem, que não vai ter um *carajo* de um lobo-guará aqui. Por que continuar voltando a um lugar que você já fotografou?"

"Porque é só na repetição que o cenário se revela de verdade."

Mentira. A foto de um lobo-guará valeria mais.

Só escolheu o lugar para esperar, câmera a postos, depois de dar uma boa olhada na vegetação. Viu uma lobeira por perto, carregada de frutos, e soube que estava no lugar certo.

Kênia aprendeu a ser paciente. Posicionava a câmera e esperava, tão quieta que desaparecia no meio da paisagem. O suor evaporava sem dar tempo de molhar um pouco o rosto e aliviar o calor, mas ela esperava. Os insetos zumbiam em seu ouvido e rastejavam na pele, mas ela os sacudia e esperava. As sombras mudavam de posição e o sol caía no horizonte, mas ela esperava.

Antes que Facundo começasse a reclamar que perderam mais um dia, avistaram o movimento de patas compridas abrindo caminho no mato alto.

Às cinco da tarde, o ângulo do sol criava uma atmosfera mágica que fazia o mundo parecer menos real, como um sonho, na hora mais esperada por fotógrafos de natureza — como Kênia se considerava até então.

O lobo-guará surgiu vermelho, vibrante, em contraste com o oceano de capim amarelo que se estendia no horizonte. Ele levantou as orelhas quando ouviu o primeiro clique e viu os dois humanos agachados no mato: um apontava uma câmera, o outro mantinha os olhos muito vidrados. Não se incomodou. Continuou sua própria caça, enquanto Kênia fazia a dela.

Bastaram poucos minutos para imortalizar aquele encontro. O lobo-guará passou por eles como uma aparição alaranjada e desapareceu no Cerrado com a mesma tranquilidade, deixando um vestígio de memórias que aquelas fotografias se esforçariam para traduzir.

Facundo ficou com os pelos do braço arrepiados, embora não sentisse frio. Quando recuperou a voz, foi para dizer "Que puta sorte".

"Não foi sorte." Kênia riu. Estava tão feliz que pagou as bebidas naquele dia, em comemoração. "Eu te disse. Fotografar é voltar várias vezes para o mesmo lugar, de novo e de novo, até que a história apareça. Ela já está lá, o tempo todo. Mas é só na repetição que conseguimos prestar atenção no que ela realmente quer dizer."

O lobo-guará de Kênia continuou parado no mesmo lugar, olhando para a câmera, numa paciência infinita.

30.

Tenho vocação para ser a última, a começar pelo meu nome. Descobri que significa "estrela". Quem deu o nome (meu pai? Minha mãe?) sabia o que isso significava? Duvido. Devia só achar que soava bem. Também gosto, mas isso de começar com T me sentenciou a uma vida no final da chamada, no fim da fila.

Tainara é nome de quem precisa esperar sua vez.

Eu já estava acostumada a ficar para trás. Os chinelos de borracha que viraram moda eu só tive quando não era mais novidade. Difícil acompanhar. Eu precisava juntar aos pouquinhos o dinheiro que minha avó dava e às vezes demorava meses para eu conseguir o que queria.

Quando surgiu a conversa de beijo na boca, eu sabia que seria mais um momento para escutar calada.

As meninas da rua da Kênia formaram um grupo de dança para se apresentar no colégio. Um dia chamaram a gente para o ensaio no quintal da Rebeca. Dançamos também, mas de zoeira. Para elas, o negócio era sério. E o negócio era rebolar de shortinho para chamar a atenção dos garotos.

No intervalo das músicas, o assunto vinha. As meninas estavam loucas para saber de Rebeca como foi ficar com o Elias. Era o menino mais disputado da turma, normal que quisessem todos os detalhes. Quase como se pudessem beijá-lo só de ouvir a história. Foi atrás da porta de uma das salas vazias, Rebeca contou. Não era o cenário mais romântico, mas as meninas ficaram empolgadas, querendo saber se foi bom. Rebeca só respondeu "Meio paia", como se fosse boa demais para qualquer menino da cidade.

Foi um beijo de cinco segundos, ela acrescentou. Para que a gente tivesse certeza de que não foi nada de mais. Calculei na minha cabeça e cinco segundos me pareceu muito tempo. Quantos segundos um beijo precisava ter? Era esse o tipo de coisa que eu precisava aprender, mas o colégio não ensinava.

Os nomes dos garotos apareciam toda hora. Quem tinham beijado, quem tinham conhecido com os tais três beijinhos, de quem realmente gostavam. Rebeca ter beijado o Elias significava muito, mas todo mundo sabia que ela era apaixonada mesmo pelo Robson, o catequista. Só que esse ela não conseguia conquistar. Robson tinha uns vinte anos e diziam que ia ser padre. Mesmo que não virasse, os caras mais velhos não queriam saber das magricelas sem bunda da sétima série.

Uma hora Clarissa perguntou para a Kênia de quem ela gostava, mas ela não pareceu muito a fim de responder. Só disse, de cara fechada: "Credo, nenhum menino daquela sala me interessa." Ninguém fazia ideia se ela já tinha beijado na boca. Aquele ano caímos praticamente na mesma turma da sexta série (só figurinha repetida) e não se tinha notícias de nenhum menino ali que a Kênia tenha beijado.

"Já fiquei com um primo", ela revelou com tanta segurança que nem parecia a maior mentira. Um primo. Sempre tem um primo. Mas eu sabia que a Kênia, assim como eu, nunca tinha beijado ninguém.

Fácil manter a boca intocada quando nenhum menino da turma te considerava beijável. Pelo menos eu não estava sozinha, tinha a Kênia para ser esquisita junto comigo.

Nossas prioridades eram outras: conversar na calçada, assistir à TV na casa da Kênia, ler na biblioteca, fazer os trabalhos do colégio para não reprovar. Rebeca e Clarissa eram as mais adiantadas no quesito beijo na boca porque só falavam nisso. Também tinham vantagens óbvias: uma era a mais cara de pau e a outra a mais bonita da sala. Claro que isso ia levar as duas mais depressa para a língua dos meninos. Depois, para a boca do povo.

31.

O grande circular dava a volta no centro de Alto do Oeste e ia até Jardim Avante. Demorava exatos trinta minutos para passar pelo lugar onde a gente se sentava na praça. Debaixo de uma árvore, chupando dindin de frutas.

Foi numa tarde calorenta que começamos a prestar atenção no cobrador. Ele não era um desses velhos de peito cabeludo, não. Era um moço novo, cabelo lisinho caindo na testa, igual ao nosso Backstreet Boy favorito (arredondando pra baixo).

Foi Kênia quem soltou o primeiro coiote, aquele barulho esquisito de chupar o ar que os caras faziam quando passava uma gostosa. Onde ela aprendeu aquilo?

O ônibus passou rápido, graças a Deus, e ficamos rindo feito umas idiotas. Não era normal a gente ser tão atrevida.

Virou nossa brincadeira contra o tédio. Todas as vezes que o circular passava, a gente assobiava. Depois, começamos a jogar beijos. Às vezes, a gente só acenava. Ele passava de novo e a gente sorria. Não dava para saber se o cobrador gostava ou se ficava irritado, mas era óbvio que ele sabia da nossa existência. Ele olhava pra gente, isso bastava. Alguém ali nos notava, não éramos só parte do cenário.

A gente não esperava que um dia ele passaria a pé, de bermuda e camiseta, em vez de sentado dentro do ônibus. Gelamos quando vimos ele chegar. Viria cobrar satisfações? Xingar a gente? Ameaçar nos bater se as gracinhas continuassem? Veio com as mãos nos bolsos e olhou bem para a nossa cara. Ele estava perto demais, não tivemos coragem de abrir a boca! Foi quando ele disse: "Achei que quisessem que eu viesse falar com vocês."

Na verdade, isso nunca havia passado pela nossa cabeça. Mas já que ele estava ali, seguimos o protocolo, todo aquele lance de três beijinhos. Kênia, Marlon. Marlon, Tainara. Sentou com a gente, conversamos.

Marlon era mais velho, tinha terminado o ensino médio havia algum tempo. Até falava de um jeito diferente. Não dava nem para comparar com os bobos da nossa turma. De perto, dava para ver que ele já fazia a barba, com alguns pontinhos pretos aparecendo no pescoço e no queixo.

"Vocês são engraçadas!" Ele não disse nem bonitas, nem gostosas. Disse engraçadas. Verdade, a gente sabia de ótimas histórias, fazíamos graça, ele ria.

Começou a ficar tarde e ele se despediu com beijinhos no rosto.

No dia seguinte, na saída da aula de Educação Física, Marlon apareceu. Esperou a aula terminar sentado perto da quadra. Fiquei com vergonha. Eu estava suada, o cabelo todo arrepiado escapando do prendedor, vestindo aquele uniforme horroroso. Ele disse que estava só passando, mas como sabia que estaríamos ali era um mistério.

Eu não podia ficar ali, tinha que voltar para casa, almoçar. Disse para ele que eu morava meio longe.

Ele segurou minha mão, lembro, disse que levaria Kênia em casa, mas que depois queria me ver. A gente sabia o que aquilo significava. Seguramos nosso risinho idiota. Eu disse tudo bem, falei onde morava e me despedi da Kênia.

Quase não consegui comer de tanta ansiedade.

Lá pelas duas da tarde, ele realmente apareceu. Pediu água, tinha vindo a pé. O copo demorou anos para encher. Voltei para o portão e achei que Marlon já teria ido embora, mas lá estava ele agachado feito gato do outro lado da rua, debaixo de uma árvore.

Sentei ao lado dele e ouvi os goles. De repente, me deu uma sede danada.

Conversamos? Acho que sim. Mas as palavras estavam embaçadas. Eu não fazia ideia do que estava falando, já nem lembro mais. Devo ter feito um comentário bobo sobre a água ou o clima, mas não fazia diferença. Ele não tinha ido para conversar.

Segurou meu rosto e veio de uma vez só. A boca estava gelada de água fresca e ao nosso redor só a poeira vermelha, o sol das duas e o silêncio da rua vazia.

Quando terminamos (foram mais de cinco segundos, tenho certeza), ri um pouco, mas de nervoso. Marlon continuou perto do meu rosto, passou o dedo pela minha covinha, disse que eu tinha um sorriso lindo. E eu ainda com sede.

Então nos beijamos de pé, encostados no muro, as mãos dele indo para cima e para baixo. Depois disso, não consegui mais ignorar que tinha curvas por baixo das minhas roupas folgadas.

Fiquei do portão olhando ele descer a rua. Mal sumiu no horizonte e fui correndo para a casa da Kênia contar as novidades. Ela veio para o meio da rua e aquela cara de vitoriosa já dizia tudo. Comemoramos aos sussurros, para Dona Dinorá não conseguir ouvir da vendinha. Eu tinha sido a última, de novo, mas ali não me parecia uma competição. Foi como cruzar a linha de chegada juntas.

"Eu esperava mais", Kênia me disse. Eles se beijaram na frente da papelaria, a rua estava vazia na hora do almoço. Já eu tinha gostado, mas precisava admitir que aquilo não tinha me mudado. Toda aquela pressão pelo primeiro beijo e o mínimo que eu esperava era me sentir um pouco diferente.

O que aconteceria depois? Ele ia querer de novo? Passamos horas especulando, mas namorar parecia o próximo passo. Questão de lógica. O problema era: qual de nós duas ele ia preferir? Kênia achava que seria eu, argumentou que eu era a mais bonita. Eu achava que seria ela, que era mais clara.

Marlon voltou na semana seguinte. Ficamos de novo com ele, cada uma a seu tempo. No meu dia, apareceu depois do intervalo (matei aula). Descemos a rua devagar, a mão dele roçando de leve na minha, quase que por acidente. Ele me levou para tomar um suco num quiosque perto do ginásio.

Eu não sabia muito bem o que conversar com um cara mais velho, e de repente minha vida na sétima série me pareceu bem ridícula e pequena. Ele contava as histórias dele e me ocupei com o canudinho do suco, morrendo de medo de fazer algum comentário que estragasse tudo.

Fomos nos beijar atrás do ginásio, o que me decepcionou. Clichê demais. Todo mundo ia se beijar naquele lugar, fiquei com medo de encontrar colegas ali, seria a maior vexa. O bigode de Marlon estava crescendo, senti pinicar na minha boca.

No caminho até minha casa, eu perguntava quando a gente ia se ver de novo. Ele então falava do trabalho, das escalas, ia depender dos horários, era complicado. Talvez semana que vem.

"Mas ainda quero te ver. Um dia, vou te levar na minha casa", ele prometia.

É uma praga querer com muita força beijar uma pessoa quando você não pode. Meu coração sempre dava um pulo quando eu via um circular se aproximar na pista. Eu tentava olhar para dentro do ônibus para ver se não seria Marlon no banco do cobrador.

Teve uma vez que fui espichar o pescoço quando passou o ônibus e fiz a bicicleta do Graciano quase cair. Ele gritou, mandou eu ficar quieta. "Tá maluca?" E tive que explicar que minhas costas estavam doendo, tive que me mexer. Talvez eu já estivesse meio grande para continuar pegando carona com o Graciano.

Nossa aventura com Marlon não ficou em segredo por muito tempo. O problema era que o pai da Kênia trabalhava na mesma empresa de ônibus e acabou descobrindo. Kênia me contou tudo no colégio. Estava arrasada. Deve ter sido como ver uma nuvem de tempestade grossa se aproximar. O pai deu com o cinto nas coxas dela (ela conseguiu defender com as mãos, que ficaram marcadas) e ficou horas dando sermão. Cuspia saliva e raiva. Disse que era um absurdo ficar de namorico com um marmanjo daqueles, que ela era uma criança, que tinha que tomar vergonha na cara porque não tinha criado vagabunda.

Aquilo meio que acabava com a história dos dois, mas eu ainda queria ver Marlon. Quando nos vimos de novo, contei para ele o que tinha acontecido com Kênia, mas ele parecia mais com raiva do que chateado. Disse que Seu Raimundo tinha dado um esporro nele também, em plena garagem, chamando ele de moleque e a coisa toda. Na hora ouviu calado, mas comigo não economizou xingamentos. Alguns eu nunca tinha ouvido antes.

"Ainda bem que você não tem pai", Marlon disse de brincadeira. Agarrou minha cintura e beijou meu pescoço para encerrar logo aquele assunto. Pai eu tinha, só não sabia onde ele estava, o que eram coisas bem diferentes. Ficava difícil argumentar com a língua do Marlon na minha boca, então deixei pra lá.

Combinamos de um dia nos encontrarmos na casa dele. Para ter mais privacidade, ele disse.

Foi realmente muito bom quando a gente se beijou na sala, o rádio estava ligado bem baixinho. Não teve muita conversa. Ele me chamou para o quarto, e achei interessante ver as fotos dele na parede. Marlon usava outro uniforme, de um time de futebol. Algumas medalhas penduradas. Ele tirou de qualquer jeito uma pilha de roupas amassadas em cima da cama e me puxou. A gente se deitou e as mãos dele não paravam de se mexer. Ele beijou meu pescoço e eu fiz o mesmo, mas o dele tinha gosto de perfume. Foi como beber direto da garrafa. Fiquei incomodada, meio enjoada, resolvi me sentar. Foi quando ele tirou minha blusa, que era de alcinha, com estampa do Frajola, então eu não tinha um sutiã por baixo. Pegava mal ficar com as alças aparecendo. Ali estava tudo de fora. O que foi aterrorizante, porque minutos depois a gente escutou o barulho do portão e ele arregalou os olhos.

"Minha mãe!"

Marlon pegou minha blusa e me empurrou para os fundos da casa. Meu coração quase que saiu pela boca e caiu ali mesmo, no corredor cheio de varal. Fui me vestindo enquanto saía pelos fundos, ouvindo a voz da mãe dele entrar pela porta da frente. Consegui sair da casa sem ela ver, ouvi ele fechando o portão, mas subi a rua sem olhar para trás. Tive muita vergonha.

Dias depois, Lúcio foi me encontrar na saída do colégio, o que era muito estranho. Atravessou a rua arrastando chinelo, meio nervoso. Pegou meu braço e me puxou num canto para conversar, nem deixou eu me despedir da Kênia.

Ele estava sério de um jeito diferente. Disse que estava sabendo de tudo. Fiz de desentendida. Sabendo de tudo o quê? Na verdade, o que eu estranhava era outra coisa. Ele nunca se importou comigo, que história era aquela de tirar satisfação?

"Não quero saber da minha irmã se pegando com caras na rua igual uma puta." Ele apontou o dedo na minha cara. Disse que eu estava ficando falada. Que teve que tomar uma atitude. Que foi ter uma conversa de homem com meu "namoradinho". E riu.

Bastou uns três amigos, esperar Marlon sair da garagem do Rio dos Patos, encurralar num beco, fechar a roda, dar uma surra. Não devia ser a primeira vez que Lúcio se metia nessas. Aquele papo de fazer isso para me defender não me enganava, aposto que fez por ele próprio.

"Você nunca mais vai ver esse cara. Acabou, tá ligada?" Não ouvi calada. Quem ele era para vir me dar lição de moral? Vai cuidar da sua vida! Peitei ele, fiquei muito brava. Ele não era meu pai, eu não tinha pai, nunca quis pai.

Naquela hora eu quis que ele morresse, que alguém o matasse. Eu não fazia ideia do que isso significava.

32.

Pão de queijo 0,50.

A placa que ficava na frente da vendinha de Dona Dinorá era uma promessa de acolhimento. O pão de queijo que a mãe de Kênia fazia era mais caro que o de outros lugares, mas atraía a clientela. Era do tamanho da palma da mão de um adolescente e não era recheado de ar como a maioria dos pães de queijo da cidade. Pesava. A textura da casca era crocante como uma carapaça de tartaruga, se tartarugas fossem quentes e enfarinhadas. Por dentro, macio. Um coração latejante de queijo e sabor, para ser comido como um ritual.

Vez por outra, Kênia precisava cuidar da vendinha, quando a mãe tinha que sair. Detestava. Foi assim que passou a ser conhecida no colégio como "menina do pão de queijo", porque aparentemente os colegas não conseguiam pensar em nada mais criativo — ou talvez porque Kênia fosse tão neutra que não lhe cabia apelidos mais específicos, como "Dentinho", "Pocahontas" ou "Rato".

Lembrada por ser filha de alguém; isso irritava Kênia. Todo mundo era filha de alguém, não? Parecia banal demais para virar apelido.

Paciência. A mãe tinha ido ao salão e Kênia estava apoiada no balcão, do lado de dentro da vendinha, esmagada por uma bola invisível de tédio. Potes de balinhas e chicletes em cima do balcão, a geladeira cheia de dindins, uma travessa grande cheia de pães de queijo. Pelo menos tinha Tainara para fazer companhia, sentada na calçada. A amiga chupava um dindin de acerola, comprado com suas próprias moedas. Não tinha privilégios por ser amiga da menina do pão de queijo, apesar de os colegas acharem o contrário.

As tardes passavam mais depressa quando estavam juntas.

Tainara não entendia como Kênia podia achar aquilo um saco. Sempre que quisesse podia comer um daqueles pães de queijo maravilhosos. Vez por outra também apareciam os garotos do colégio — alguns gatinhos, outros nem tanto, mas todos, em alguma medida, interessantes; eles pediam um salgado, contavam as moedas, rolava troca de olhares, tchau, tchau, os comentários depois. Parecia justo.

"Se você trabalhasse pra sua mãe, ia ver que não é nada disso que você imagina", ela disse à amiga. "E não, eu não posso comer o pão de queijo daqui, tá doida?"

"Você reclama demais, nem é um trabalho tão difícil assim."

Tainara tinha um ponto: eram três da tarde e as duas ali, batendo papo, rindo, fazendo nada, olhando quem passava na rua de vez em quando, imaginando a continuação de suas histórias, porque era inevitável prestar atenção na vida das outras pessoas numa cidade daquele tamanho.

"Você nunca me disse o que sua mãe faz", Kênia percebeu de repente.

Aquele era o tipo de pergunta que parava o tempo.

Tainara quase não falava sobre si mesma; ela morava com a avó, isso era fato sabido, mas a Kênia nunca ocorreu perguntar por quê. Não por medo de pisar em feridas abertas ou adentrar em território desconhecido, mas porque, naquela idade, família não era mesmo o mais interessante dos papos.

"Ela contou que a mãe era veterinária", Kênia disse, depois de descobrir a verdade sobre a história. O caderno de Tainara mudou completamente o cenário do qual se lembrava, no qual acreditou por tantos anos.

Tainara havia contado que a mãe era veterinária que cuidava de bicho de fazenda, animal grande. Amava bicho. Foram morar numa cidade ali perto, cheia de carroceiros. A mãe ficava abismada com os maus-tratos, não aguentava ver os cavalos magros, cheios de bicheira, andando no asfalto e levando chicotada, carregando aquele peso todo.

Resolveu encrencar com um carroceiro que batia no cavalo. Tentou soltar o bicho, mas levou uma chicotada no braço. Tainara contava com normalidade, descrevendo em detalhes a cicatriz que a valentia deixara, um vergão vermelho e pronunciado, como uma serpente.

Toda interessada, Kênia fez Tainara prosseguir, cheia de orgulho.

"Ela organizou um resgate", a amiga continuou a contar, e falou de como a mãe invadia terrenos na calada da noite para libertar os cavalos, que corriam livres para o Cerrado. Ela era terrível, uma força da natureza. Mas começou a ficar perigoso. Vieram as ameaças de morte, mas ela não cedia. Não descansaria enquanto houvesse cavalos forçados a trabalhar daquela forma cruel, depois lançados ao abandono, doentes, para morrer nas estradas.

Era mais seguro deixar os filhos para serem criados com a avó em Alto do Oeste, porque naquela cidade ela não podia mais ficar. Estava marcada para morrer.

Kênia achou incrível que a amiga tivesse uma mãe heroína, disposta a ir tão longe para banir as carroças. Enquanto isso, Dona Dinorá fazia a unha e pintava o cabelo. Como Tainara nunca pensara em contar aquilo antes? Era o máximo.

"O que você achou da versão que leu no caderno?", Facundo perguntou.

Kênia poderia ter dito que sentiu pena ou compaixão. Que entendeu por que Tainara havia inventado toda aquela história. Ou que se sentiu enganada, ingênua. Do que adiantava sentir qualquer coisa por uma pessoa que não estava mais na sua vida? Em vez disso, respondeu:

"Ela fez bem em inventar. O lado bom da ausência é que o vazio a gente preenche como quiser."

33.

A primeira coisa que minha avó fez quando cheguei para morar com ela foi pentear meu cabelo. Minha avó, Dona Hilda, pode ser uma mulher simples, mas é muito cuidadosa. Então dava para ver o desgosto na cara dela quando recebeu a gente. Reclamou das sandálias velhas do Graciano, da magreza do Lúcio, do meu cabelo desgrenhado. A gente estava mais preocupado com o café e com o pão em cima da mesa.

Era uma manhã nublada quando minha mãe trouxe a gente. Às seis da manhã, Alto do Oeste parece uma cidade fantasma. Quando acordo cedo demais, acabo voltando a esse lugar, para a raiva e para o medo que senti quando cheguei nessa cidade.

"É só por um tempo", minha mãe disse quando conversou com a gente sobre a mudança. Depois repetiu, quando nos deixou na casa da minha avó.

Ela nunca disse a verdade sobre voltar para nos buscar. Mas tudo bem. Talvez tenha sido a melhor coisa que ela já falou. Porque plantou na minha cabeça a ideia de que Alto do Oeste seria temporária. Não é mentira se der esperança, certo? Tento me lembrar disso quando acontece uma grande merda aqui. É só por um tempo. Talvez até o lago.

O que doeu aquele dia foram as escovadas. Minha avó veio com um tubo de creme, uma escova e uma caixa de grampos. Fez com que eu me sentasse no chão e começou a avaliar o estrago. Com os dedos, ela encontrou um embolado de cabelo na minha nuca. Um ninho macio e crespo que eu gostava de apertar de vez em quando.

Minha mãe nunca me penteava.

Minha avó puxou o cabelo (as mãos dela tão macias) e foi desfazendo o ninho na nuca. Continuou a escovar, separou mechas grossas. Apertava, torcia, puxava. Apertava, torcia, puxava. Foi a primeira vez que me vi de trança. Uma trança curta, bem apertada.

Com o tempo, aprendi a fazer trança de raiz eu mesma. Uso para ir ao colégio, quando não estou com pressa (às vezes só dá tempo de fazer um coque).

Não lembro se minha mãe usava o cabelo preso.

O tempo que vivi com ela ficou borrado na minha cabeça. Lembro de pedacinhos: a casa com cheiro de cigarro, as bitucas acumuladas na janela. Lembro de dividir um colchão com Graciano. Lembro das vizinhas que vinham olhar a gente e fazer nossa comida, enquanto minha mãe trabalhava.

Vieram tempos de ficarmos muito sozinhos em casa. Alguns dias, a gente só tinha pipoca para almoçar. Passei uns meses sem ir para o colégio. Depois, nos mudamos de cidade umas três vezes antes de chegarmos em Alto do Oeste.

Tudo passava tão depressa que eu preferia não me agarrar a nada. Os colégios, as pessoas, as matérias, as professoras, os nomes, as palavras escritas no quadro. Então a gente se mudava e que preguiça começar tudo de novo.

Lembro que minha mãe tinha dois empregos e passava o dia fora, mas nunca soube bem o que ela fazia. Eu morava com ela, mas é como se ela não morasse lá. Talvez eu só tenha sonhado com ela. Talvez nem exista.

34.

NAQUELA SEQUÊNCIA DE FOTOS, ÉRICA PARECIA MESMO IMORTAL. SEUS OLHOS encaravam o fundo das lentes, como se procurassem o futuro.

Aquele rosto parecia acostumado ao movimento dos continentes, à extinção das espécies, às revoluções todas, à queda de presidentes e ao surgimento das modinhas que os alunos sempre achavam mais importante acompanhar do que o conteúdo das aulas. Vai ver o que havia de antigo em seu olhar fosse apenas cansaço, do tipo mais humano e mortal: aquele do qual eram feitos os professores.

"Um sonho nunca é só um sonho para o meu povo", ela contou.

O cenário que evocou em seguida vinha de um passado distante: uma aldeia construída sobre a terra vermelha, as casas de palha em contraste com o azul de um céu tão próximo, o canto de pássaros, as vozes conversando num idioma que, como o barulho do rio, fazia muito tempo não se ouvia ali.

Naquela terra ficavam as casas dos xavantes, o Povo Verdadeiro. A'wẽ Uptabi, chamavam-se. Misturavam-se à paisagem, quando os garotos cobriam o corpo com o vermelho do urucum, ou quando as mulheres amarravam às costas cestas de palha, trançadas com as próprias mãos; no meio da aldeia, acendiam a fogueira que ardia vermelha no dia ou na noite, chamando para dançar ou comer o bolo tsadaré, cozido debaixo de terra de cupinzeiro; corriam com troncos gigantes de buriti sobre os ombros, suportando pesos tremendos por esporte, com um sorriso no rosto; tinham a resistência das árvores do Cerrado, pessoas moldadas debaixo de muito sol e pouca chuva.

Foi ali que um líder öwawe teve um sonho: caçava tatu na mata até ouvir um choro, uma lamentação carregada de dor numa língua que não existia. O homem seguiu o apelo não por curiosidade, mas por uma atração hipnótica, que o conduziu até o rio que corria próximo à aldeia. Agachou-se à margem; ao tentar tocar a água, sentiu apenas vapor escorrer entre seus dedos. A correnteza tinha a mesma força, mas era apenas fumaça, gemido e dor, feito um rio fantasma de águas invisíveis.

Desperto, contou o sonho ao pajé, que sabia o que deveria ser feito. Os homens caminharam até o rio e fizeram um ritual de purificação. A partir dali, passaram a chamá-lo Ma Tô Ti'â'ré, como forma de lembrar que o rio secava e que precisavam se preparar para a escassez se não quisessem desaparecer, feito o rio dos sonhos. Quando a seca chegava, as águas baixavam tanto que o rio virava um filete escorrendo pela terra; os xavantes aprenderam a cuidar para que ele sempre voltasse cheio na época das chuvas.

Gerações depois, os brancos mudariam o nome para Rio dos Patos. O verdadeiro nome, aquele que por tanto tempo impediu que o rio desaparecesse, Érica sabia que só poderia ter vindo do mundo que os adormecidos acessavam.

"Os sonhos são muito importantes para os xavantes. É de onde tiramos os nomes e as canções. Nada é inventado. Tudo tem que ser sonhado", ela explicou.

Kênia ergueu as sobrancelhas. Se o rio da história era o Rio dos Patos, extinto fazia tempo, o nome verdadeiro tinha um quê de premonitório.

"Então os sonhos contavam o futuro?"

Érica riu. "Se contavam, não avisaram da chegada dos brancos."

Como em suas aulas, Érica narrou histórias que ninguém viveu para testemunhar com seus próprios olhos. Quando os primeiros waradzu chegaram naquela região, vieram como amigos, forasteiros simpáticos que queriam ensinar uma língua nova. Os xavantes não viram mal em hospedá-los, conhecê-los, ensiná-los sobre aquelas terras, dividir com eles seu alimento. Depois, quiseram fixar uma cruz perto da aldeia, no alto do morro, e que problema podia haver nisso? Eram apenas pedaços de madeira. Com o tempo, chegaram waradzu armados, menos amigáveis. Alguns trouxeram vícios e doenças desconhecidas até então. Com a língua, tentaram vender sua cultura, e, com sua cultura, tentaram tornar os donos daquela terra dóceis, pacíficos, para mudar o poder para mãos mais claras. A língua deles tinha veneno.

Os xavantes bebiam e comiam resistência. Mesmo assim, não puderam deter o que os waradzu chamavam de progresso — as cercas das fazendas e os tiros no meio da noite. Para fugir do extermínio, as famílias originais que restaram foram forçadas em direção ao poente, abandonando sua aldeia, plantações, os cenários de suas memórias, deixando para trás a terra que um dia se chamaria Alto do Oeste.

Engraçado como as histórias se repetiam: para os xavantes, o pequeno apocalipse que os empurrou para fora de suas casas foi a chamada civilização; para os alto-oestinos, uma inexplicável e incômoda rebeldia da natureza, na forma de um lago que parecia preservar as memórias de um rio fantasma.

Os antepassados de Érica deixaram apenas seus mortos, enterrados sob o que se tornaria uma enorme fazenda. No lugar dos xavantes, as terras foram ocupadas por animais e sementes estrangeiras que cobriram a terra, sugando com suas raízes os restos mortais dos ancestrais que não puderam partir.

Fácil supor que não tinha como dar certo um lugar que surgiu em cima de um cemitério indígena — praticamente a definição de toda terra brasileira. Mas para Érica não eram os ossos de seus antepassados que tornavam aquela terra maldita; a maldição era a incapacidade de romper os padrões que se repetiam a cada geração. Foi na repetição que afundaram. Devagar, feito em areia movediça; por isso, tão difícil de escapar.

35.

Dez minutos conversando com o guia e Facundo já se sentia entendido de tudo, habilitado a dar uma aula sobre o assunto, se necessário. A caverna fazia parte de um dos sítios arqueológicos mais antigos da América; ali foram encontrados vestígios de fogueira, pontas de lança e pedaços de ossos com milhares de anos de idade; foi um cientista dinamarquês que encontrou as primeiras ossadas, no século XIX; tudo indicava que a caverna era uma espécie de centro ritualístico, onde preparavam seus mortos; eles tinham o cuidado de arranjar os corpos que enterravam, às vezes arrancando dentes, separando membros, arrumando em poses.

Kênia ouvia e concordava que o lugar tinha mesmo clima de morte, se as pessoas de quem falavam não estavam mais ali para explicar por que faziam isso ou aquilo, ou por que pintaram aquele mural obsceno, onde claramente homens dançavam nus, excitados.

Rituais de morte, celebração de fertilidade, para eles devia dar na mesma. Nesse ponto, Facundo tomava liberdade para especular, se até cientistas que passavam meses debruçados sobre estudos e escavações naquela cidade primitiva precisavam usar um pouco da imaginação e dedução para preencher as gigantes lacunas do tempo.

"Impossível saber de fato o que se passava na cabeça deles", Facundo disse.

Subiram uma escadaria natural de pedras, firmando os pés com cuidado. Facundo ia na frente, apontando para as paredes. Em uma delas, a figura do que parecia ser uma anta; deviam ter demorado alguns séculos para acertar a proporção do bicho. Não sobrava muito tempo para praticar desenho se estavam mais ocupados com a sobrevivência do grupo num mundo que não era feito para eles.

Facundo apontou para os contornos de uma imagem de mão, em vermelho, bem abaixo da cena de caça: "É como uma assinatura", ele explicou. "O artista deixando sua marca. Veja, o tamanho da mão, a abertura dos dedos. Igual à marca naquela outra parede."

As mãos apareciam por toda a caverna. Talvez pertencessem a pessoas de diferentes gerações, que nunca se conheceram; no entanto, gente mais entendida do assunto estivera ali antes dos dois e já tinha observado a repetição de um padrão, o mesmo que Facundo passou a identificar.

"Ele tinha o mindinho esquerdo um pouco torto, dá para notar que é o mesmo cara", Facundo apontava, e seguia pela galeria dizendo "Ele desenhou isso, ele testemunhou aquilo, ele vivia aqui, o estilo de vida dele, ele, ele, ele".

Facundo muito ocupado em falar, Kênia mais interessada em olhar. De repente, estendeu o braço e sobrepôs a mão estampada na caverna com a sua própria; eram do mesmo tamanho. Encaixavam, e até poderiam ser as suas mãos, mas Kênia não se lembrava de ter pichado caverna alguma — e havia uns milhares de anos entre a sua mão e aquela na parede.

"Era uma mulher", ela disse.

"Como?"

"As mãos. Você disse que eram de um cara, mas olha bem. Eram de uma mulher."

Aquela mania de presumir que se um anônimo teve um grande feito só podia ser um homem. Facundo estreitou os olhos, murmurou qualquer coisa como quem diz "Hum, faz sentido", e então abanou os braços como quem diz "Tanto faz". Anotou algo em seu bloquinho — provavelmente um lembrete para checar em fontes seguras — e seguiu o caminho calado, como sempre fazia quando Kênia tinha chances de estar certa.

Kênia continuou ali, porque de alguma forma aquela lasca de informação fazia diferença, sim. Quase podia sentir a solidão daquela artista durante as horas em que passava pintando, talvez em transe, as cenas a que havia assistido em seus sonhos.

Alguém precisava ser a memória, mas quem? Os caçadores que arriscavam a própria pele e muitas vezes nem voltavam para casa? Não. Era ela quem assistia a tudo, de longe, e por isso fazia bonecos tão pequenos, sem rosto nem detalhes. Planos abertos. Homens caçando, mulheres parindo, a chuva inundando, a comida acabando, o fogo, seu povo dançando e morrendo. Observava tudo e depois misturava terra vermelha, o sangue que descia pelas suas pernas, qualquer coisa que tivesse a cor que a vida pedia; então registrava, com o máximo de detalhes que conseguia, os fatos conforme se lembrava.

As lembranças podiam ser escorregadias, ela também sabia. Então precisava capturá-las logo. Era uma espécie de caçadora, ainda que coletasse a sobrevivência à sua própria maneira. Cada um fazia o que podia para escapar da morte e do esquecimento, como sempre foi. Como continuaria a ser.

Kênia sentiu o peso da câmera em suas mãos e entendeu qual era o seu papel; só não sabia se era no seu trabalho atual que encontraria um sentido para ele.

Qual história vou contar?, começou a se questionar, percebendo que aquelas mãos na caverna também eram as suas.

GALERIA II: ÁGUA

SUBMERSAS POR MUITO TEMPO, AS MEMÓRIAS GANHAM A MESMA CONSISTÊNCIA dos sonhos.

A realidade se borra, a lógica do como e dos porquês escorrega, as motivações se perdem. Ler a história que as fotografias contam, então, torna-se a tarefa de um bêbado tentando ler um papel amolecido e disforme que ficou tempo demais debaixo d'água.

Perder o foco, aqui, é parte do jogo. A cidade afundou, afinal, e ninguém parecia olhar para o lugar certo. Já estavam todos perdendo tudo, devagar, por tanto tempo, que não viram que perderiam também aquele lugar, aquele momento. Como fotografar o que se perdeu? Aqui, revela-se uma tentativa; do ponto de vista que só alguém que viveu um apocalipse poderia ter.

36.

Quando aquela chuva começou, fiquei aliviada. Fazia muito calor. Achei que seria mais uma chuva comum, daquelas de fechar as janelas e tirar as roupas do varal. Mas era água que não acabava mais, que vinha em pancadas.

Acabou a luz, como já era de costume, mas naquela vez o som da chuva deixou a escuridão mais assustadora. Minha avó acendeu velas. Para ver o quê? O fogo tremia parecendo bêbado. As janelas balançavam. Os cachorros dos vizinhos uivavam. Filé se tremia embaixo da mesa.

Minha avó deixou a Bíblia aberta sobre a mesa. Ela fazia a gente repetir os versículos, e oramos bem alto para abafar o barulho do mundo acabando lá fora. Ela pediu para Graciano buscar mais panos para tampar as janelas, a água entrava rápido. Na cozinha, onde não tinha laje, começou a escorrer uma cachoeira. Tivemos que fechar a porta para a água não encharcar o restante da casa.

Não conseguimos dormir naquela noite. Ficamos espremidos na sala, rezando e vigiando a chuva, como se a água não fosse entrar em casa enquanto a gente estivesse acordado. Mas não é bem assim que as chuvas funcionam.

Eu podia sentir a terra roncando lá embaixo. Pareciam trovões enterrados, fazendo a terra rachar e descer enquanto a água caía. Hoje não tenho certeza se isso aconteceu mesmo. Eu estava nervosa, sem sono e, pra piorar, estava menstruada naquele dia. Toda vez que vinha aquela cólica pontuda, a dor e os tremores pareciam uma coisa só. Será que eu também poderia ser destroçada, como a cidade?

Em vários lugares, as paredes caíam.

Só soubemos dos estragos pela manhã, quando saímos para a rua. Vimos postes caídos, árvores derrubadas, telhados quebrados. Um vizinho *de bicicleta espalhava a notícia de que a coisa tinha sido feia pros lados de Alto do Oeste, nas ruas de baixo. O lago tinha transbordado e a água quase chegava até a praça.*

Enquanto os adultos ficaram especulando no meio da rua, resolvemos ver com nossos próprios olhos. Graciano pegou a bicicleta, eu subi na garupa. Chegamos perto do lago e vimos que a pista entre Jardim Avante e o centro da cidade estava toda alagada. Tivemos que dar a volta por uma área de terra e mato. Estava encharcada feito pântano, mas pelo menos dava pé.

Perto da praça, vimos o tamanho da tragédia. Não dava mais para ver, mas tinha casas debaixo d'água. Tinha gente chorando e gritando na borda do lago, gente que tinha perdido tudo. Da padaria sobraram só umas paredes, quase toda a mercadoria tinha sido roubada. Um pastor orava com as mãos para cima, rodeado de fiéis. Mas era um pouco tarde para pedir misericórdia.

Ficamos no grupo dos curiosos, os que ficavam parados, só olhando. Ouvi os moradores falando dos prejuízos. Outras pessoas falando de sono perdido, do trauma e do medo, dando graças a Deus que a casa delas continuava de pé. Um telhado quebrado era melhor que telhado nenhum.

Graciano me chamou para subirmos a rua do ginásio, pois tinha percebido um movimento ali. Foi para lá que os desabrigados correram no meio da noite, quando viram que não dava mais jeito. Sair de madrugada, debaixo daquela chuva? Coisa de doido ou de quem não tem outra saída.

Nunca vi o ginásio tão cheio. Tinha gente espalhada pelas arquibancadas e pela quadra, algumas enroladas em cobertores, outras ainda molhadas. Tinha um pessoal com caixa distribuindo alimentos (doação do supermercado). Outro pessoal distribuía roupas secas e cobertores (usavam a camisa da paróquia).

De longe, vi um colega de sala. Mosquito (chamavam ele assim porque tinha as pernas finas). Ele comia um pacote de biscoitos e acenou para mim quando me viu. Eu me aproximei e ele me ofereceu o biscoito, mas eu não estava com fome. Perguntou se eu tinha perdido minha casa. Expliquei que em Jardim Avante a coisa não tinha sido tão feia. Ele estava bem? Onde estavam os pais? Ele disse que voltaram para o lago, para tentar recuperar alguma coisa. "Perda de tempo", comentou, enfiando mais um biscoito na boca.

Mosquito contou que só saíram de casa porque não dava mais para subir em nenhum móvel. Podiam ter se afogado ali mesmo, dentro de casa. Saíram pela janela, tentaram buscar abrigo num lugar mais alto. A igreja ou o ginásio. A água entrou rápido demais, como num navio naufragando.

Depois eu soube de três pessoas que morreram aquele dia. Afogaram sem precisar sair de casa.

Calada, ouvi Mosquito. Depois ficamos quietos olhando o movimento no ginásio, tudo para evitar as perguntas incômodas. E agora? Para onde iam? O que fazer quando não existe mais casa para voltar?

Chegou outro garoto, que reconheci do CEAN, com os cabelos molhados, enrolado numa coberta. Não parecia vítima de uma tragédia, parecia que tinha recebido uma grande notícia. Foi então que contou para a gente: "Ficaram sabendo? Não vai ter aula essa semana!"

37.

NAQUELA FATÍDICA SEMANA QUE ANTECEDEU A CHUVA, ÉRICA TINHA CERTEZA, sua aula fora sobre os astecas.

Chegou à sala grudando no quadro um mural gigante, que calou a boca dos alunos com a curiosidade; um calendário cujos meses tinham nomes como crocodilo, erva, cana, lagarto, serpente, morte. Explicou que bastava olhar aquilo para entender o que mais importava para aquele povo: plantar, olhar as estrelas, contar histórias.

Uma delas envolvia um ritual, que Érica contou aos alunos de olhos entediados e inquietos. O ritual do Fogo Novo. Marcava o fim de um ciclo completo daquele calendário e acontecia a cada 52 anos.

Esperava que os alunos pudessem vê-los: homens e mulheres com roupas coloridas e olhares de gente antiga. Os rostos vermelhos de fogo e de espera. Quietos, como se soubessem da vinda de um terremoto. Ou ao menos agiam como se tivessem um plano, do que fazer diante do fim. Isso teria sido útil aos alto-oestinos, talvez. Mas os astecas, que pareciam ser mais entendidos, apagavam todas as luzes de suas casas, vilas e templos. De uma só vez, a terra inteira ficava escura — erguendo o livro na frente do peito, Érica deslizou com o dedo na área do mapa onde ficava o México, na esperança de que se lembrassem daquela informação no dia da prova.

Nessa noite mais escura, ninguém dormia. Precisavam ficar vigilantes, de olhos bem abertos, para ter certeza de que o mundo não acabaria. Algum aluno fez gracinha, fingiu cochilar. Érica aproveitou para contar o que os adultos diziam para as crianças: quem dormisse viraria rato. Os alunos riram, mas os jovens astecas não se atreviam a dormir para testar se era verdade ou não.

Sussurravam histórias de dragões e de deuses, traçados em pontos luminosos no céu, com um espanto que havia se perdido entre os jovens dali. Estavam acostumados a ver monstros e heróis na tela da TV. Não eram facilmente impressionados. Por isso, Érica precisava manter a voz firme, sob o risco de quase perdê-la ao fim de cada dia. Com sorte, dois ou três alunos numa turma de trinta talvez se lembrassem de mais da metade do que ela falou.

No fim da noite mais longa, os astecas acendiam uma tocha no alto de uma montanha. O fogo nascia junto com os cantos que vinham do fundo da garganta e de pisadas firmes no chão. Érica tirou as sandálias e começou a imitá-los, o pé sujo de giz. Os cochichos dos alunos e as risadas dos encrenqueiros e até o som que fazia a distração dos mais calados aos poucos sumiram, até só restar a voz de Érica numa língua que eles não entendiam, a estocada dos seus pés, seu tronco balançando, os braços para cima e para baixo. Ela sabia dos boatos. Imaginou que estivessem acreditando que ela mesma os vira, astecas em círculo, ao redor do fogo, projetando sombras que lembravam pássaros gigantes sobrevoando a terra. Não diria que tinha acabado de inventar aquela performance, que era puro improviso, que não fazia ideia de como dançavam os astecas.

"Os sacrifícios que eu tinha que fazer para manter a atenção da turma..." A lembrança fez Érica sair rindo na fotografia. Continuou a história.

O mundo não acabou, a terra ainda está aqui!, foi o que ela disse que os astecas cantavam. Quando amanhecia, todo mundo fazia uma procissão montanha acima para buscar um pouco desse fogo. Levavam suas próprias tochas e assim carregavam o Fogo Novo para iluminar suas casas. O ritual foi repetido sete vezes. A última, em 1507 — Érica anotou o número no quadro e virou-se para uma turma milagrosamente calada. Perguntou se alguém sabia por que o ritual não foi realizado uma oitava vez.

"Espanhóis", uma repetente respondeu, mordendo a tampa da caneta.

Faltavam dez minutos para bater o sinal. Érica aproveitou para perguntar o que achavam da queda do Império Asteca, da invasão espanhola, da colonização. De repente, todo mundo tinha muito a dizer: "Foram eles que trouxeram o fim do mundo, de barco."

Érica estava satisfeita, mas achava aquela história triste. "Calendários, pirâmides, rituais, estudos das estrelas. Os astecas fizeram tudo aquilo e não sabiam que iam desaparecer."

O mesmo podia ser dito dos alto-oestinos, que nem sequer acenderam uma grande fogueira quando a cidade cedeu. Estava tudo molhado.

38.

TECNICAMENTE, O QUE ÉRICA ESTAVA FAZENDO ALI ERA UM ASSALTO. NÃO tinha papel que a autorizasse a remover os livros; mas que poder teria um papel, que molha e se destrói, que perde seu valor, sua utilidade?

A professora sentou-se do lado de fora da biblioteca municipal, um pedaço de calçada fora d'água, e acendeu um cigarro. Pensava em como levaria todos aqueles livros para o colégio, a cinco ruas dali. Papel demais para salvar. Adiantava?

Fazia tempo que os registros do município, os papéis que diziam que Alto do Oeste era uma cidade, foram sepultados em algum ponto do lago. O que aconteceu com o poder que existia nesses papéis? Subitamente sumiram, como aqueles que tinham o dever de guardá-los? Quem teria o poder de autorizar qualquer coisa se as pessoas eleitas para isso pareciam as menos dispostas a resolver os problemas quando eles surgiam?

Conceição, a diretora do colégio, parecia ter seguido os passos do prefeito, dos vereadores, dos secretários. Começou o período de chuvas e ela desapareceu, à francesíssima, para nenhum espanto de Érica. Já imaginava que a diretora estava apenas à espera da transferência, que não era besta de sair dali sem mover, com segurança, seu trabalho e seu dinheiro para outro lugar. De novo Érica pensou em papéis; não entendia como alguns, somente alguns, pudessem funcionar como boias salva-vidas.

Jogou o cigarro no asfalto e viu uma cena que se tornava cada vez mais comum. Um carro subia a rua lento, de tão carregado; uma geladeira e um colchão amarrados ao teto, o braço do motorista abraçando a corda, como se não confiasse totalmente nela. Do lado de dentro, caixas, móveis desmontados, tralha cobrindo as janelas. Seguindo o carro, iam uma mulher carregada de panelas e um garoto cheio de lençóis e travesseiros debaixo de cada braço.

O tipo de procissão de quem havia encontrado um endereço melhor, mais afastado da água. Não envolvia burocracia alguma. Diziam que alguém ia deixar a cidade? Bastava esperar que pegassem o ônibus-balsa para fora dali e então ocupar o vazio. Precisava de sorte, rapidez, iniciativa. Nenhum papel.

Significava o que uma escritura de quem não conseguiria vender a casa para sair dali? Que diferença fazia assinar um papel que rebaixasse Alto do Oeste a distrito da cidade vizinha, fora mudar o curso do dinheiro, que também era papel? Que poder tinham as páginas de um jornal ao mostrar impressa aquela tragédia constrangedora, se matéria alguma, escandalosa que fosse, poderia reverter aquele processo?

Os alunos chegaram aos poucos, atrasados e barulhentos como chegariam se a aula fosse no colégio. Érica distribuiu as tarefas, organizou os grupos, mostrou como e onde.

Uma manhã inteira de trabalho, muitas vezes tendo que pedir atenção ou para de enrolar e anda com essa pilha ou cuidado que isso aí vai cair na água, garoto! Os livros passavam de mão em mão para fora da biblioteca e terminavam empilhados no asfalto — pelo menos os livros que não estavam molhados demais para serem carregados ou os que não eram subtraídos no meio do caminho por alunos que se achavam mais espertos que Érica; mesmo Kênia e Tainara se aventuraram a levar alguns, embora Tainara tenha guardado o seu por mais tempo. A diversão foi tentar driblar o olhar da professora, sem saber que Érica tinha, sim, visto livros passando escondidos debaixo de camisas ou enfiados em bonés; apenas resolveu não dizer nada. Por que pediria para que devolvessem? Aquela não deixava de ser uma forma de resgate.

No papel, seria preciso fazer uma eleição para escolher uma nova diretora. Mas Érica já não acreditava em papéis, acreditava apenas nos próprios braços. Conseguia tirar das estantes dez, quinze livros de uma vez, entregava para um aluno, ia buscar mais. Dirigir os livros para fora dali era alguma direção, a única que Érica poderia oferecer e a que mais precisavam naquele momento: a de alguém que não abandonasse.

Os livros passavam de mão em mão. Caía um. Sumia outro. Empilhavam-se no asfalto. Tudo de novo até a biblioteca esvaziar. Ela liberou os alunos.

Ficou na calçada, de onde viu a caminhonete chegar. Quem dirigia era um ex-aluno que ultimamente atendia por Cabelo, sem a menor condição de ser dono de um carro daqueles. Érica sabia quem era o dono, sabia com quem Cabelo estava metido, mas não negou a ajuda. Acenou, sorrindo.

Não interessava a ela as disputas de poder, quem tentaria dominar o remendo de cidade que restava, quem reivindicaria aquele território condenado, contanto que o colégio continuasse de pé. Inevitável algumas mudanças de papéis num momento cheio de espaços vazios para ocupar. Ela ocupava o de diretora, alguém ocupava o de governante; que ele usasse arma na cintura era um detalhe. Interessava que ele tivesse um carro grande para tirar aqueles livros dali e alguma simpatia por ela.

"Levar pra onde, professora?" Cabelo se surpreendeu com a quantidade de livros quando desceu.

"Pro colégio, onde mais?"

No Museu da Memória Alto-Oestina restaria uma parte muito pequena dos livros resgatados naquele dia. Dez ou doze, mas ali estavam. Entre eles, uma edição antiga de *O processo civilizatório*, de Darcy Ribeiro. Na ficha de empréstimo, papelzinho colado no final do livro, com o carimbo da época da biblioteca, constava algumas vezes o nome de Érica. Papéis, pelo menos, contavam histórias.

39.

"Foi assim que você virou diretora? Porque ninguém mais quis?"

"Duas palavras que definem bem a escola pública por aqui, Argentino: desistência geral", Érica disse.

"Teria sido tão mais fácil fechar as portas. Suspender as aulas de vez", Kênia comentou.

"E deixar vocês soltos na rua, com mais tempo para fazer merda?"

Kênia sabia que, naquela época, muita gente não teria como manter os filhos estudando em outra cidade. Algum colégio ainda era melhor que colégio nenhum.

"Isso nunca se tratou de fazer o mais fácil", Érica continuou.

Lutar para ficar teve seus custos. Fazer acordos, recrutar alunos como voluntários, criar uma horta para abastecer a cantina, todo o desafio de manter uma escola autogerida com tão poucos recursos. De fato, teria sido mais fácil fechar logo o colégio, desistir dele, como a diretora anterior. Tanta coisa teria sido evitada. Sobretudo, não haveria a cicatriz, bem profunda, no rosto de Érica.

"Fácil teria sido se a cidade tivesse afundado de uma vez, com todo mundo dentro. Isso sim, Kênia, teria sido fácil. O problema não era o lago, o problema era essa gente que se recusava a desaparecer. Essa situação toda não fez nada sumir. Pelo contrário, fez os problemas aparecerem. Veio tudo para a superfície. Forçou apenas dois tipos de pessoas a habitarem a cidade. Ficavam os mais pobres, como você sabe. Quem não tinha outra escolha. Ficava também quem via uma oportunidade de ocupar os espaços vazios, de ganhar poder. Dois tipos bem diferentes de pessoas. Claro que isso ia dar em conflito."

Érica afundava em silêncios repentinos quando parecia que ia dizer algo mais. O raciocínio continuou do lado de dentro, onde, talvez, ela reconhecesse que fazia parte do segundo tipo de pessoas.

40.

Quando apareceu nas primeiras fotografias, Rebeca segurava um par de grampos com a boca e puxava o cabelo com força no alto da cabeça, no movimento de prendê-lo em um coque bem firme.

"Obrigado por aceitar nosso convite", Facundo começou dizendo.

"Bem, vocês não podiam ficar sem a minha versão", ela respondeu com o grampo entre os dentes.

"Vocês estão fazendo um bom trabalho aqui", Kênia disse.

Em alguns meses, aquele lugar se tornaria o Café dos Afogados. As paredes continuavam ásperas e marrons, mas o ambiente já estava limpo, com algumas mesinhas e cadeiras espalhadas. No fundo, um balcão que Rebeca e o marido haviam reformado com as próprias mãos.

"Ainda temos muito o que fazer." Naquele dia, o marido estava em Entrepassos, comprando utensílios para o negócio, e só voltaria no dia seguinte. Rebeca não queria que ele soubesse de entrevista alguma.

Por muito tempo, quis que Alto do Oeste explodisse. Mas imagine: uma cidade surgindo do nada; poderiam morar onde quisessem, abrir um negócio, finalmente ter algo que fosse deles, ser donos de uma rua inteira! Não era invadir se ocupavam espaços abandonados, se traziam consigo a promessa de progresso, da volta de uma normalidade, qualquer que fosse. Rebeca conseguiu convencer o marido do investimento, embora precisassem de muito trabalho e paciência — a nova rede elétrica não tinha previsão de chegar a Alto do Oeste.

"Por que um café?", Facundo perguntou.

"Todo mundo toma café." Rebeca balançou os ombros. "Para ganhar dinheiro. Também vamos vender salgados, bolos. Pão de queijo. Você podia me passar a receita da sua mãe, que tal?"

"Ela nunca me ensinou", Kênia falava sério.

"Viu?" Rebeca se virou para Facundo. "É assim que ela trata as velhas amigas."

Aquele foi o tom da conversa desde o primeiro momento em que se reencontraram — Kênia ainda hospedada no hotel, e não era possível dizer que se cruzaram por acaso numa cidade daquele tamanho, quase desabitada. Entre as duas, olhares desconfortáveis, palavras meio atravessadas e uma mágoa insondável. Pareciam mais duas adolescentes, em vez de adultas com muita vivência nas costas, contas para pagar e experiência acumulada em relações rompidas.

"Até quando você vai agir como se eu fosse a filha da puta de toda essa história?" Kênia estava exausta daquela passivo-agressividade toda.

"Ah, não. Você é uma santa. Foi essa a história que você contou para o seu namoradinho gringo?"

"Não somos namorados", Kênia disse.

"Que desperdício, garota." Lá estava! Numa piscadela para Facundo, uma faísca da velha Rebeca revelou-se para Kênia. Nem tudo havia mudado.

"Rebeca, eu queria ouvir sobre o ano em que a cidade começou a afundar. Do que se lembra?" Facundo se apressou em retomar o rumo da conversa.

"Faz muito tempo." Kênia e Facundo não souberam se o silêncio que veio em seguida significava que ela continuava a pensar ou se aquela era sua resposta final. "Foi num período de chuvas, acho. Porque aqui, não sei se você sabe, só existem duas estações do ano: a que chove muito e a que não chove nada. Mas sempre esse calor da gota. É verdade que você chegou a morar na Argentina?" Ela se virou para Kênia, de repente.

"Algum tempo."

"Faz frio lá?"

"A maior parte do tempo, sim."

"Às vezes fico pensando que rumo eu teria tomado se não tivesse tido a Jéssica Aparecida. Você não sabe como é, mas filho é o trabalho de uma vida. Só consegui terminar o ensino médio quando ela já tinha idade para entrar na escola. Nunca há tempo para nada. Se a história fosse outra e eu pudesse ter usado todo esse tempo para mim, aposto que seria mais viajada que você."

"Tudo poderia ter sido tão diferente, Rebeca. Acha que não penso nisso?" Talvez pensasse nas escolhas que poderia ter feito diferente, se a conduziriam para uma carreira mais reconhecida, em vez de ter que correr para um buraco num fim de mundo em busca de qualquer história que enfim a revelasse como fotógrafa. "Se meus pais nunca tivessem me trazido para cá, se nada do que vivi aqui tivesse acontecido, eu estaria hoje tendo a vida estável que eles imaginavam para mim, quieta num canto, casada, com filhos? E se essa cidade não tivesse afundado? Eu teria tido alguma motivação para sair daqui, ou seria eu, hoje, que teria um negócio de vender pão de queijo?"

Aquilo era tudo que Facundo queria. Rebeca ficou calada, porque era mesmo inútil debater possibilidades não acontecidas. Cada pessoa só podia ter a história que de fato teve, nunca outra.

"Você quer saber se lembro quando a cidade afundou, né?" Rebeca resolveu ignorar qualquer sequência lógica na conversa. "Então. Foi quando eu engravidei e todo mundo me virou as costas. Nesse dia, Alto do Oeste e todo mundo que eu conhecia aqui deixaram de existir."

41.

DOIS DIAS DEPOIS DA GRANDE CHUVA E AINDA ÁGUA.
No centro da cidade, a procissão de Nossa Senhora dos Esquecidos acontecia conforme planejado, apesar da tragédia. Todos de guarda-chuvas abertos seguiam o padre, com uma capa de plástico sobre seu traje importante; os coroinhas com o incensário pra lá e pra cá; a santa toda molhada em cima do andor, como se dissesse "Alguém me leve embora daqui", numa súplica silenciosa que apenas as coisas de gesso eram capazes de fazer. Parecia até um enterro. De certa forma, era.

As atenções todas em outro canto, então ninguém soube de Rebeca enfiada na casa de Clarissa, mijando num palito que mandaram um garoto roubar na farmácia. Demoraram para entender se o resultado que traria alívio teria um ou dois traços; mas ainda se confundiam com os sinais das equações e se o certo era resolver primeiro as chaves ou os colchetes, então tiveram que ler as instruções da caixa mais de uma vez.

"Dois traços é positivo, véi", Clarissa insistiu, mas Rebeca não queria acreditar, apesar das dores, dos peitos inchados, da barriga estufada fazia tempo.

Como tinha deixado aquilo acontecer?, ela se perguntava, mas ali as coisas aconteciam e não havia muito o que fazer para impedir.

"Minha mãe vai me matar." Rebeca chorou e andou de um lado para o outro no quarto, animal enjaulado, sacudindo o palito com o resultado que parecia anunciar o fim de sua vida.

Saiu do quarto num estouro, correu para a cozinha e começou a abrir as gavetas. Clarissa foi atrás sem entender. Rebeca achou uma faca; era de serra, de cortar pão, mas teria que servir. Começou a passar a lâmina no pulso, como se tocasse um violino.

"Eu vou me matar antes! Eu vou me matar antes que ela me mate!", Rebeca gritou, com todo o drama que havia aprendido das novelas. Alguma coisa elas ensinavam.

"Deixa de ser imbecil, me dá isso aqui." Clarissa a segurou com força e tomou a faca da amiga. "Minha mãe é que me mata se alguém se matar aqui em casa! E eu que ia ter que limpar tudo! Fica calma, vamos pensar numa solução."

Que solução? Foram pensar no quarto, as gotas escorrendo na janela como lágrimas. Clarissa ouvira falar de garotas que tinham abortado, mas não era muito prático: enfiar um arame vagina adentro, furar o que quer que vivesse lá dentro e torcer para não morrer no processo; ou tomar um suco que fizesse tudo descer. Elas não faziam ideia de que suco era, mas imaginavam que teria um gosto muito ruim. Estavam ficando sem ideias. "Vai pra casa, vou pensar no que você pode fazer. Até lá, bico fechado."

Rebeca não falou nada, e ainda assim sua mãe descobriu.

No lago, o ônibus-balsa partia cheio de gente que carregava na bagagem tudo o que havia conseguido recuperar depois do último temporal.

Um mal-entendido: a mãe de Clarissa encontrou o teste de gravidez jogado num canto do quarto, achou que fosse da filha, fez um escândalo, colocou-a contra a parede para saber o nome do cretino que havia feito aquilo. Que solução, a não ser contar a verdade? A mãe só pararia de pressionar se recebesse um nome, mas não era o de um garoto que Clarissa tinha para dar.

Rebeca descobriu com chineladas nos braços que sua mãe sabia o que tinha acontecido. A mãe de Clarissa tinha contado, então dava para saber quem abriu o bico, afinal. Não podia confiar em mais ninguém?

"Acabou o papo com essas vadias do colégio, tá entendendo?", a mãe gritava e Rebeca chorava de humilhação. "Acabou bater perna, acabou a moleza. Vai fazer serviço na igreja, vai pra missa todo domingo até essa criança nascer. Você não vai desgraçar a vida dela como fez com a sua!"

E o pai? Foi cobrada, mas já não importava. Ele havia ido embora da cidade antes de ter a chance de receber a notícia.

O ônibus-balsa voltava cada dia mais vazio no horizonte.

A cidade estava tão isolada quanto ela. A barriga começava a criar uma distância física — e também imaginária — entre ela e as pessoas. Parte das suas amigas fiéis não voltaria mais à cidade; as duas que restaram estavam envergonhadas demais para ficar ao seu lado. E tinha Clarissa, que havia estragado tudo.

Também tinha Kênia, mas havia tempos ela era só Tainara para todos os lados.

Kênia, no dia em que os colegas interrogavam Rebeca na hora do intervalo — é menina? Menino? Quem é o pai? Como aconteceu? —, resolveu encerrar o assunto e dizer que a garota estava grávida porque tinha transado, caramba, até quando iam achar aquilo tão especial e diferente?, como se anos cansada de ver Rebeca como o centro das atenções saíssem de uma vez só, com perdigotos de arroz.

Rebeca não esperava aquela raiva vinda de Kênia, mas foi bom para se acostumar. A barriga atraía muita raiva, olhares de pena, solidão; um vocabulário que traduzia sua nova experiência.

Teve blecaute na noite em que passaria o último capítulo da novela e Rebeca ficou sem saber como havia terminado. Naquelas noites escuras, vinha o medo de que a chuva fizesse novamente o lago transbordar e a água entrar sorrateira nas casas, de forma que só conseguiriam descer da cama molhando os tornozelos. Mas os piores desastres eram aqueles que demoravam meses e se arrastavam com a lentidão de uma gestação.

Rebeca acostumou-se a sentar sozinha nos intervalos; tomava sol no banco de concreto que ficava na frente da sala. Contou que, num desses dias, Érica resolveu sentar ao seu lado. Rebeca comia da pipoca que vinha num saco cor-de-rosa e ofereceu para a diretora.

"Droga. Detesto quando acho que peguei uma crocante e quando coloco na boca é uma pipoca murcha", Érica comentou, mastigando.

"Eu sei, é horrível." Rebeca riu.

"Você tem estado muito sozinha ultimamente."

"Só tem falsa nesse colégio. Prefiro assim." Então apontou para a própria barriga debaixo do uniforme: "Na verdade, agora tô sempre acompanhada."

Era bom que pensasse assim, Érica comentou. Que fosse uma motivação para crescer — como pessoa, não para se encher de porcaria, feito aquelas pipocas molengas.

"Parece papo de gente velha o que vou dizer agora, mas confia em mim." As palavras da diretora ficaram gravadas em Rebeca. "Tudo o que você está vendo aqui, os bagunceiros, as garotas bonitas, as humilhações no pátio, matar aula, os amigos, os inimigos, a adolescência, tudo isso vai acabar. Parece que essa é a única realidade possível, mas não é. A vida começa fora desse colégio, a vida começa quando você é adulta. E você é uma líder, Rebeca. Não deixa isso se perder, porque você ainda vai longe."

"Sei não, professora. Dizem que mãe nova assim que nem eu não vai a lugar nenhum."

Érica não poderia mentir, seria difícil no começo. Mas ela estava certa de que Rebeca, invocada como era, seria forte para passar por isso. "Só me promete que vai terminar os estudos. Não importa quando. Não importa o que aconteça."

Poucas semanas depois, foi a vez de Rebeca pegar um ônibus-balsa para fora da cidade, de vez. Da janela, observou sua infância ficar para trás.

Havia pedido à mãe para ir embora, morar com a tia na cidade vizinha. Do que adiantava ficar até o final do ano? Teria que interromper os estudos de qualquer forma. Além disso, capaz de até lá o colégio deixar de existir.

Atravessando o lago, tomou a primeira decisão sozinha: chamaria a filha de Jéssica. Como a garota do filme que tantas vezes assistiu na Sessão da Tarde, resgatada de um poço depois de dias presa lá embaixo. Teria também uma Jéssica, decidiu, porque conseguiu tirá-la daquele buraco de cidade, para onde esperava não ter que voltar.

42.

Rebeca já estava há um tempo estranha, isolada das outras. No intervalo, preferia ficar dentro da sala, lendo. Lendo! Onde já se viu Rebeca tão interessada por leitura? Kênia apostava que Rebeca tinha brigado com a Clarissa. Todo mundo tinha uma teoria.

Quando a barriga da Rebeca começou a aparecer, foi uma decepção. Não era nada surpreendente. Uma menina de catorze anos aparecer grávida não era grandes coisas.

Na sala, já tinha a Gislaine. Tão buchuda que dava medo de encostar e ela explodir. Pelo menos não precisava fazer Educação Física, a sortuda.

Acidente, é sempre um acidente. Mesmo com Gislaine, que tinha namorado. Dois crianções, claro que foi sem querer. Nessa idade ninguém quer que algo assim aconteça. Quando acontece, é mais ou menos como aparecer com o braço engessado. Você sabe que não foi de propósito, que aconteceu enquanto se fazia algo divertido. Você acaba sendo liberado das aulas na quadra por um tempo, é chato, mas depois do estrago feito, paciência.

No caso da Rebeca, tinha mais espaço para especular. Tinha gente dizendo bem feito. Tinha gente dando graças a Deus, que finalmente essa garota ia aquietar. Tinha gente que dizia que Rebeca engravidou de alguém que morava na casa dela. Ninguém se lembrava do catequista? Se eu tivesse que apostar em alguém, seria nele.

Foi um dia no intervalo que quase conseguimos conversar com ela sobre isso, até a Kênia estragar tudo. Nós voltávamos para a sala com nosso lanche (macarrão com arroz) e vimos uns colegas sentados ao redor da Rebeca. Ela tentava ler, quieta num canto, um livro com a Virgem Maria na capa. O pessoal fazia as perguntas bobas de sempre. Ela sentia o bebê se mexer na barriga? (Parecia falsa.) Sabia se era menino ou menina? (Menina, ela disse.)

"Mas e aí, como aconteceu?", um garoto teve a coragem de perguntar. Isso era o que todo mundo queria saber. Então a Kênia, de repente, com a boca cheia de arroz, resolveu interromper. "Pelo amor de Deus, vai me dizer que não sabe como isso funciona?" Ela parecia furiosa. "Claro que foi transando, ô animal. Ou você quer saber exatamente como alguém gozou dentro da Rebeca?"

Depois disso, ninguém perguntou mais nada. Rebeca ficou calada, cabeça baixa. Voltou para o livro.

Achei um exagero da Kênia. Uma raiva que parecia vir de outro lugar, porque não era possível que ela odiasse tanto a Rebeca assim. Pelo menos aquilo encerrava o assunto.

Não vimos a barriga da Rebeca crescer mais. Ainda na metade da oitava série, também não a vimos mais. Saiu do colégio, mudou de cidade. Seguiu o fluxo de gente que abandonava Alto do Oeste. Ela foi embora porque a cidade estava cada vez mais isolada? Ou porque engravidou e virou um incômodo?

Não sei. Mas imagino que, uma hora dessas, a filha dela já nasceu. Deve ser um bebê grande, que anda e fala. Será que Rebeca voltou a estudar? Conseguiu recuperar o tempo perdido? Será que foi morar com o pai da criança? Será que arrumou algum pai para a filha? Será que se tornou uma pessoa melhor, aprendeu alguma lição com isso tudo? Será que deixou a nenê para um adulto responsável criar e continuou a ser a mesma Rebeca de sempre em outra cidade qualquer?

Besteira pensar nisso. As pessoas que não voltamos a ver simplesmente evaporam. Somem. Não preciso pensar no que estão fazendo. Deixaram de existir no momento em que foram embora. Prefiro assim.

43.

Quando Tiago falou sobre o tapa, parecia narrar um sonho. Algo de borrado, fora de lugar, cenas que faltavam, pessoas sem rosto, cores surrealistas.

Gritaria. Papel que flutuava no ar. O calor que fazia a sala feder a cola branca e a criança suada. Arte. Guerra. Ou talvez um meio-termo entre os dois: jogo. Um jogo de matar, sem morrer.

Até que veio a professora. Tiago só percebeu quando sentiu mãos gigantes o segurarem pelos braços, freio indesejado para sua corrida. Viu a mão erguida no ar. Viu a mão vindo em direção ao seu rosto.

De repente o colégio ao seu redor sumiu, sentiu os pés molhados. O chinelo afundava na terra, como se o prendesse numa câmera lenta viscosa.

"É aqui", disse um dos moleques, o mais velho, o que carregava um galho comprido feito cajado. Tinha prometido mostrar aos outros o pântano que tinha se formado atrás do morro.

De costas para Alto do Oeste, o alagadiço se apresentava como uma possibilidade de diversão. Alguém fez o desafio de subir numa pedra no meio do pântano. Quem chegava primeiro? Correram, afundaram, riram. Tiago experimentou a textura daquilo que não sabia se era terra ou se era água, mas era densa. Batia na altura da coxa.

Lembrou-se dos gritos que a mãe deu quando chegou em casa embalado em lama. O rastro de barro vermelho que deixou pela casa no caminho até o chuveiro.

Foi uma época de ouvir muitos gritos da mãe; gritos de cansaço, de voltar de ônibus do trabalho, todos os dias, e ter que falar para ele parar de andar com aqueles malinhas da rua, para estudar, para não ficar de vadiagem, para tomar jeito. Tiago não ouvia. Quando não matava aula, barbarizava na escola.

A mãe sabia das advertências, assinou o papel de uma suspensão, chorava de culpa. Do tapa, ela nunca soube. Tiago nunca contou. Parecia besteira perto do que a mãe já tinha aguentado.

Um dia, a água do pântano começou a bater na cintura. Não sentia que matava aula, sentia que a escola não era seu lugar. O pântano, por outro lado, era um refúgio. Às vezes ia sozinho, sentava numa pedra, ficava olhando para a água escura e para as bolhas que vez ou outra vinham do fundo da terra para estourar na superfície. As bolhas soavam como ossos quebrando, como socos, como tapas.

Seu lugar favorito na cidade não ficou em segredo por muito tempo. Ouviu sons, vozes, foi ver o que era. Uns caras mais velhos, sentados na borda, ouvindo música e fumando maconha. Ficou de longe, os ouvidos capturados por aquela batida, pela voz grossa que conduzia a história e que nada se parecia com o que ele conhecia da Bíblia, apesar de cantar Capítulo 4, Versículo 3. Foi a primeira vez que ouviu Racionais.

"Ô moleque, tá fazendo o que aqui? Tem aula não, porra?"

Tiago fez o que estava acostumado no colégio: estufar o peito, xingar, enfrentar, aquela defesa agressiva do jeito que aprendeu na rua. Os caras — eram três — olharam para aquilo nada impressionados e começaram a gargalhar. "Olha pra isso, esse merdinha se achando o moleque doido cabuloso! Comédia demais." Tiago se sentiu ridículo quando percebeu que aquela atuação não funcionava ali. "Vão se foder", foi o que restou a ele dizer, sentindo o choro vir, e subiu o morro desmoralizado.

Mesmo antes da grande chuva, o volume do pântano só subia. Ali, onde ninguém prestava atenção.

De novo ouviu música e seguiu o som das batidas até encontrar um dos caras do outro dia.

"Fala, moleque doido cabuloso." O cara se lembrou dele e riu, mas não se importou quando Tiago se aproximou e sentou ao seu lado. Estava concentrado demais preenchendo o caderno com desenhos e letras com tanto volume que pareciam saltar do papel.

"O que tá escrito aí?"

"Ales. Sou eu."

"Me ensina a fazer essa parada aí, tio", Tiago disse num impulso. Não estava acostumado àquela vontade de aprender algo.

"Primeiro, tio é o caralho. Segundo, você não tinha que estar na escola?"

"E você, não tinha que estar trabalhando?"

Ales riu, o garoto não era bobo como parecia. Abriu o caderno na última folha e começou a desenhar as letras daquele alfabeto secreto, aquele que não ensinavam na escola. Passou a caneta para Tiago, que tentou copiar os traços com sua caligrafia ainda insegura. Ales arrancou a folha, disse para ele levar para casa e praticar mais; quando estivesse bom naquilo, ensinaria a desenhar as letras maiores. Tiago nunca ficou tão animado com um dever de casa.

Ales foi o primeiro artista que conheceu. Seu primeiro professor de Artes. Das inusitadas lições que foi buscar num pântano, Tiago aprendeu que podia transformar toda aquela raiva em algo bonito. Uma letra após a outra.

44.

Como muitos professores e alunos deixaram a cidade, começaram a juntar turmas diferentes (às vezes de séries diferentes!) para assistir à mesma aula, no auditório. Todo mundo ganhava em sair mais cedo. O problema era a bagunça que só se multiplicava num lugar maior.

Eu não gostava muito, mas foi num desses aulões que reencontrei o Tiago Preto. Desde a quinta série ele não caía mais na nossa turma (nem da do Tiago Branco, pois a coordenação garantiu que eles ficassem bem separados). Fazia tanto tempo que ele parecia outra pessoa. Tinha até outro nome.

Fazia uma semana que Kênia não aparecia. No telefone, ela me disse que estava doente, que depois pegava a matéria comigo. Tudo bem, eu disse, e não perguntei mais nada. Poderia ter dito que seria um saco ficar sozinha logo naquelas aulas de Biologia horrorosas sobre sexo. Quer dizer, Educação Sexual. Como se adiantasse para não aparecerem mais alunas grávidas. Elas provavam que em matéria de sexo os alunos já estavam se virando bem até demais, obrigada.

Resolvi sentar perto do Tiago porque ele era caladão. Eu não queria lidar com ninguém me enchendo o saco ou fazendo piadinhas enquanto a professora falava de genitais e do que acontecia quando eles se esfregavam um no outro.

Ele tinha uma letra bonita, consegui ver. Não como a minha. Ele desenhava as palavras, com volume, sombra, cor.

Eu não era muito boa de disfarçar que estava encarando. Ele deve ter ficado incomodado com aquela menina olhando por cima do ombro dele em vez de prestar atenção na aula.

Então ele virou de repente e me falou sério, com a voz grossa: "Quer comprar? Cinco reais." Até me assustei. Virei meu olhar de volta para a professora, encabulada. Ele riu, tentou aliviar minha reação exagerada, disse que olhar era de graça.

A gente concordava que o que acontecia no caderno dele era mais interessante do que qualquer coisa que estivessem falando naquele auditório. Já nossos colegas não perdiam uma oportunidade de ouvir sobre sexo. A empolgação era a mesma, não importava se era um programa de striptease na TV ou uma aula sobre sífilis. Prazer e morte, qual a diferença? Duas coisas perigosas que nos ensinaram a evitar. Linhas que a gente não podia cruzar, mas a gente insistia. Por teimosia ou acidente.

Perguntei o que estava escrito no caderno (as letras eram bonitas, mas difíceis de entender). Ele virou o caderno para mim e respondeu: "MDC." O que era MDC? Ele explicou que era o nome dele. E eu achando que era Tiago! Também, ele disse. "Esse é meu apelido, minha assinatura." Fiz que entendi. Mas não entendia. Por que logo MDC?

"Ah, longa história." Ele pareceu com vergonha de explicar. Ficamos calados um tempo, fingi que anotava o conteúdo da aula. Então ele me contou, baixinho. Ele tinha um amigo que o chamava de Moleque Doido Cabuloso, mas começava a ficar difícil de falar toda hora numa conversa. Moleque Doido Cabuloso isso, Moleque Doido Cabuloso aquilo. Para facilitar, começou a chamar pela sigla. Daí MDC.

Ri tão alto que a turma inteira olhou para mim. A professora me olhou feio, perguntou qual era a graça. Tinha acabado de falar de ejaculação precoce! Como eu ia explicar que não estava rindo disso? Eu respondi "Nada não, desculpa" e enfiei a cabeça no caderno.

Tiago segurou o riso e imitou a professora bem baixinho: "Qual é a graça, Tainara?" Tive que ser sincera e dizer que Moleque Doido Cabuloso era um apelido ridículo. Pelo menos ele tinha escolhido a sigla. Podia ser qualquer coisa. Por exemplo, Máximo Divisor Comum. Da matemática.

"Nossa, como você é CDF." Ele riu e balançou a cabeça, mas tinha que admitir que aquilo soava melhor do que Moleque Doido Cabuloso.

No aulão seguinte, só escolhi meu lugar depois de encontrar Tiago no auditório. Fácil de achar. Era o garoto usando um blusão dos Racionais por cima do uniforme, a postura toda largada, derretendo por baixo da mesa, a cabeça raspada concentrada no próprio caderno.

Daquela vez não falamos muito, mais pelo tédio. Ele pegou meu caderno sem pedir, abriu na última página e começou a rabiscar. Quando vi, escrevia meu nome com aquelas letras altas e cheias de ganchos, mais desenho do que palavra. Parecia que só queria treinar a caligrafia ou ocupar o tempo, mas senti que me dava um presente.

Depois da aula, saiu uma galera junta. Eu estava no meio e Tiago também. Na esquina da rua, o grupo se separou: os garotos queriam dar um mergulho no lago, no ponto das casas afundadas. A desgraça tinha virado o novo clube da cidade, mas ninguém ligava muito porque fazia mesmo calor demais. Eu disse melhor não, tentando parecer que tinha algo mais importante para fazer.

Já ia dizendo tchau para o Tiago, mas ele disse que também não ia para o lago. Resolveu me acompanhar até parte do caminho, quando descemos a rua dele. Conversamos sobre o pessoal da sala que ficou na cidade, sobre a ausência dos que foram embora. Era estranho, como se tivessem morrido. Mas quem estava no purgatório era a gente.

"Tá com pressa? Queria te mostrar uma coisa", ele disse, ainda parado na frente do portão. Não é como se eu estivesse muito ocupada. Entramos.

A casa dele era arrumadinha, um piso bom, sofás floridos. Entrei esperando cumprimentar alguém, mas estava vazia. A mãe dele não estava?

"Ela trabalha, passa o dia fora. Chega aí." Tiago foi entrando e fui atrás, até um quarto pequeno, cama estreita, um aparelho de som bem do lado. Os lençóis todos revirados: ele não tinha se dado ao trabalho de arrumar a cama antes de ir para o colégio! Essa possibilidade simplesmente não existe aqui em casa.

Tiago tirou uma fita da gaveta, colocou no toca-fitas, voltou um pouco, deu play. Eu reconhecia aquele tipo de música. Lúcio também curtia um peso. Por isso eu não me permitia gostar, achava que era música de malandro. Ali, algo mudou. No som, o cara cantava "Tô só observando, daqui eu vejo uma luminosidade, um tiro, tô só observando, um véu que separa o joio do trigo", e eu também só observava. Era muito bonito. Tiago balançava a cabeça, seu corpo em ritmo com as batidas. Eu sem saber se ele ia ou não me beijar.

Ele perguntou se eu curtia. Estava tão empolgado que eu ri, disse que era bom. Balancei a cabeça também, me deixei levar pela música e foi sem querer que acabei com o silêncio. Será que a água vai chegar até aqui? A pergunta mais na hora errada possível.

Tiago achava que não. Ele pegou de novo o caderno, sentou ao meu lado na cama, encostou na parede. Procurou uma página em branco no final e voltou a riscar suas letras. "No máximo a gente fica ilhado um tempo. Mas, sei lá, pode ser bom." Como aquilo podia ser bom?

"De repente vira notícia e se ligam que a gente existe."

Eu achava que alguém impediria a cidade de afundar antes que a coisa toda ficasse irreversível. Viriam nos salvar, eu jurava, mas que bobeira aquilo, se morria gente e não olhavam para cá, e morria gente muito antes de Graciano, do tiro no ginásio, do que veio depois. Mas em Alto do Oeste a matemática não fazia sentido: mesmo com a população diminuindo, a violência, não. Quanto menos gente, pior a gente ficava. Não viria do lago nossa salvação.

Ali a gente não sabia disso. A gente não sabia que aquela casa ia ser devorada, que Tiago iria embora, mas só depois de eu dar as costas para ele. Ali, não, ali eu só deitei de barriga para cima, ficamos calados lado a lado até dar a hora de ir embora. Foi quando ele me disse "Espera". Achei que finalmente, aleluia, rolaria um beijo.

Não rolou.

Ele tirou a fita do aparelho de som, escreveu "Sons para o fim do mundo" no lado A, "Para Tainara" no lado B. Quando entregou o presente, me disse: "Você é de rocha, guria."

45.

TIAGO TINHA TREINADO MUITO EM PAPEL E EM PAREDES, COM CANETA E CANEtão. Mas um muro, um muro inteiro? Precisava ser ágil, ter coragem e, sobretudo, precisava de latinhas de spray. Um amigo sabia onde arranjar, Tiago tinha juntado uma grana, estava pronto para dar o próximo passo, ocupar seu espaço como pichador, deixar sua marca, de forma que não pudessem mais ignorá-lo naquela cidade.

Foi com os moleques até Jardim Avante — *e como era longe aquela quebrada* — buscar a mercadoria na casa de um mala famoso por aquelas bandas, conhecido do Tiago Branco. Por isso ir em grupo: menos assustador, embora fossem só garotos, quinze anos no máximo, e não pudessem fazer muita coisa caso algo desse errado.

Chegaram a um portão azul estreito, ao lado de um bar, onde um garoto resolvia uma revista de palavras cruzadas. A rua vazia, a placa na frente anunciando, em giz, o preço da cerveja, um sertanejo agudo e choroso tocando em algum lugar, interrompido por um locutor informando as horas. Branco, sem enrolação, disse que estava procurando o Cabelo; MDC achou engraçada aquela combinação de palavras que, pensando bem, nunca funcionaria com seu nome.

Entraram na casa, onde Cabelo jogava uma partida de Mortal Kombat e vibrava com a combinação de golpes que o fez ganhar a luta. Soltou o controle no chão e levantou os braços, vitorioso, num urro de comemoração; o outro passou o controle, *quem tá de próximo*?

Cabelo parou para receber os meninos que chegavam, toques, abraços, e aí, doido. Pareceu a Tiago a casa de qualquer um de seus amigos. Ficou mais tranquilo.

"Trouxe o moleque que tá atrás das tintas", Branco apresentou.

"Então você é o artista? Chega aí", Cabelo disse, e levou Tiago para um quartinho, de onde tirou, de baixo da cama, uma caixa cheia de latas. Vermelho, azul, preto, verde, roxo, até prata. Os olhos de Tiago brilharam com as possibilidades. "Massa essa, hein? Vai escolhendo, vou trocar uma ideia com o Branco."

No meio, os garotos estavam ocupados demais com o videogame, sincronizando vaias, ruídos e risadas com os barulhos de socos, chutes e costelas quebrando.

Isso não impediu Tiago de perceber que Cabelo entregava um revólver para Branco, pesado, prateado como uma peça de carro. Viu que o amigo escondeu o ferro debaixo da camisa, ouviu que falavam de um carregamento do supermercado que atravessaria o lago dali a dois dias, ouviu combinarem quem mais iria marcar presença, como se falassem de uma festa ou de um passeio de barco tranquilo no lago, e não da porra de um assalto.

"Que isso, cara? Vai se meter com roubo agora?" Tiago perguntou, quando só ele e o Branco subiam a rua de casa. Carregava duas latas de tinta na mochila, mas sabia que o amigo também trazia algo do encontro com Cabelo.

"Fala baixo, ô." E olhou para trás, para conferir se alguém tinha escutado. "Isso aqui é só precaução. Não dá nada, não. Já fizeram isso antes, o barco que traz as mercadorias é desprotegido. No meio da água eles não têm nem como reagir. Mas a grana é boa. Se quiser, te coloco no esquema. É só falar com o Cabelo."

Aquilo ficou na cabeça de Tiago uns dias: a certeza de que a cidade afundava e o quanto isso os deixava mais perto do abismo. Parecia que o chão da cidade diminuía na mesma medida que suas opções. Tiago tinha medo de que não sobrasse muito para onde ir, medo de também precisar fazer o que não queria para se manter ali; veio a sensação de que precisava escolher seu lado, embora não quisesse saber de guerra nenhuma.

Àquela altura, já sabia de que lado queria estar.

No dia em que Branco foi chamá-lo em sua casa para irem no Cabelo, não o encontrou. Tiago estava numa casa abandonada, numa sala vazia e poeirenta, com uma Tainara muito impressionada com o fato de ele ter encontrado aquele lugar antes que um maloqueiro qualquer tivesse invadido.

"Tô sempre andando pelas ruas, às vezes dou a sorte de ver alguém colocando as caixas na calçada, antes de pegar um barquinho fretado pra longe daqui", Tiago explicou, enquanto desenhava o contorno preciso de um "D" numa parede da sala.

O abandono da casa ainda era tão fresco que Tainara temeu que fossem pegos, que fossem mandados para a cadeia de outra cidade, porque a delegacia de Alto do Oeste já não existia, mas Tiago respondeu que era uma besteira, que ninguém apareceria, aquela casa não era de ninguém, e que aquela camada extra de adrenalina era justamente o que tornava a aventura tão divertida.

"Quer experimentar?", ele perguntou, e estendeu uma latinha para Tainara. Ela hesitou, cruzou os braços, disse que melhor não. "Bem, você já é minha cúmplice mesmo", ele disse, fingindo seriedade, só para assustá-la um pouco.

"Não acredito que topei vir com você." Tainara fingiu arrependimento, mas pegou a latinha mesmo assim.

Na parede ao lado, ela começou a riscar o próprio nome, com sua letra redonda e uma firmeza que surpreendeu Tiago; a garota levava jeito. Ele parou sua própria pichação para vê-la escrever aquelas três palavras, "Tainara esteve aqui", mas antes que ela terminasse de escrever o ano mudou de ideia, achou uma idiotice, começou a cobrir a caligrafia, até que MDC a segurou.

"Não faz isso! Seu nome vai ficar debaixo d'água um dia!"

"Que graça tem, se ninguém vai ver?"

"Vai ser igual àquele filme do Titanic. Vão vir com um robô vasculhar os restos da cidade, ele vai chegar nessa parede e filmar seu nome!" Tiago achou que seria um ótimo argumento, apesar de não ter gostado do filme: cabiam dois naquela tábua de salvação, ele tinha certeza.

Tainara, no entanto, achava a ideia ridícula: "Até parece que um dia vão mandar robôs ou qualquer coisa pra filmar Alto do Oeste, Tiago!"

As covinhas de Tainara, tão pronunciadas no rosto, pareceram a Tiago um sinal para que avançasse; ele a puxou de vez para perto, as latinhas caíram no chão fazendo barulho, seus rostos se colaram em um beijo.

Dois jovens e uma casa só deles, ao menos naquela tarde.

Numa tarde de muitos anos depois, Tiago mostrava a Facundo e Kênia o cenário daquela história. Tainara tinha razão: os nomes na parede sumiram por completo.

46.

"Tem algo faltando", Facundo disse.

"Tem mesmo, acabou meu cigarro. Dá uma pausa pra eu ir buscar?"

"Você precisa mesmo fumar agora?" Facundo desconfiava que as pausas de Kênia para a nicotina serviam para que ela escapasse dos depoimentos. Virava um bicho inquieto quando era ela na frente da câmera. "Não faz nem quinze minutos que fumou seu último cigarro. Você tá fumando demais, não?"

Facundo odiava soar como um pai, mas aquela mulher mexia com os nervos dele. Kênia achou graça da reação e sentou de novo.

"É que eu gosto da fumaça. De olhar para ela e ver que ela é tudo, menos fixa. De como só consigo capturá-la por um instante, e depois ela desaparece." Um jeito enfeitado de dizer que não conseguia largar o vício. "Vai, fala. Do que você sente falta?"

"De como você começou a se afastar das pessoas. De quando veio a sua vontade de ir embora daqui."

"Você leu o caderno da Tainara, não se faça de besta."

"Quero ouvir a sua versão."

"Não sei se importa, se minhas memórias ainda valem." Ela fez uma longa pausa, sem saber se Facundo entenderia. "Voltar pra cá tem sido uma experiência de não saber mais. Cheguei achando que ia fotografar um lugar exótico, em ruínas, abandonado. Beleza, tem isso. Mas também tem pessoas aqui. Pessoas que voltaram para construir coisas. Pessoas que tiveram outra relação com esse lugar. Aí descubro que era isso que eu precisava fotografar. Não um cenário, mas as pessoas nele. Essa mudança de foco mudou tudo."

"Tipo o quê?"

"A relação que tenho com as minhas memórias, com tudo o que aconteceu. Agora vejo o quanto a gente era resistente naquela época. Hoje, não. Hoje somos fortes."

Talvez quisesse dizer que a resistência fosse um estado de defesa. Resistir era reagir a algo. Força era de uma espécie diferente; exigia ação, ser adulto, deixar de reagir e começar a bancar as próprias escolhas, por mais loucas e equivocadas que fossem.

Talvez quisesse dizer que antes aguentavam, agora teimavam.

Kênia pareceu satisfeita; terminar com palavras bonitas era uma ótima deixa para ir buscar um cigarro.

"Quando você vai parar de me enrolar e responder o que perguntei?" Como era irritante que Facundo soubesse ler Kênia tão bem.

47.

O ÔNIBUS-BALSA PASSOU A SER O CORDÃO UMBILICAL QUE AINDA CONECTAVA Alto do Oeste ao restante do mundo. Sobre a água, fazia um único percurso em linha reta, e era sair e entrar, ir e voltar, levar e trazer. Apenas duas paradas: a de saída, a de embarque.

Também a forma que a Viação Rio dos Patos arranjou para manter o negócio: de que adiantava as linhas que levassem à capital se os moradores da cidade não conseguissem atravessar o lago?

O ônibus-balsa marcava a divisão, de quando nada ali voltaria a ser como antes. Surgiu de um dia para o outro, trazido de reboque, improvisado. Colocaram o veículo no lago e fizeram uns testes: basicamente ver se não afundava, se os controles funcionavam da mesma forma, se o motorista saberia pilotar. Colocaram para rodar no dia seguinte, mas só resolveram equipar com boias, por precaução, meses depois.

Tão de repente que Kênia nem teve tempo de especular se o pai chegaria a dirigir aquela coisa, num percurso tão tedioso quanto um pedalinho e tão perigoso quanto subir numa prancha sem saber nadar.

"Vão me transferir", Seu Raimundo um dia chegou dizendo, mas algo no jeito em que abriu a geladeira, catou uma latinha de cerveja e deu um gole dizia que ele não parecia preocupado.

Kênia ficou espiando enquanto fingia assistir à TV: a mãe com pano de prato sobre o ombro ouvia o marido explicar o esquema novo na viação, e que era muito justo que com o lago separando tudo a empresa também dividisse as operações.

A garagem da cidade passaria a ter uma única linha, a circular — extinta poucos anos depois, quando a cidade ficou tão pequena que era possível percorrê-la toda a pé; abririam outra garagem em Entrepassos, com linhas que levariam os passageiros da borda de lá do lago para a capital; no meio disso tudo, o ônibus-balsa.

"Vamos ter que nos mudar?" Dinorá não gostava da ideia de sair dali. Não tinham chegado naquela cidade para acabar com a vida incerta de caminhoneiro? De novo precisariam fugir? Só por causa de um lago que transbordou? Naquela época, antes da grande chuva, ainda achavam que não passava de um contratempo temporário, besteira esquentar a cabeça com isso. "O que vamos fazer com essa casa? E minha venda? Começou a dar lucro agora! Começar tudo do zero?"

"Calma, mulher! Não é nada disso." Raimundo não tinha paciência para a tendência de Dinorá a esquentar e pegar pressão mais rápido que panela de feijão. "Continuamos morando aqui. Mas minha linha agora sai de Entrepassos. Vou demorar mais a chegar na firma. Dependendo da escala, posso precisar dormir por lá duas ou três noites por semana. Mas é só."

"Isso não muda nada?"

"Nadinha", Raimundo disse quando foi até a sala, empurrou as pernas de Kênia para arrumar espaço no sofá e mudou de canal sem dizer nada.

"Ei, eu tava assistindo!", a garota reclamou.

Ele disse que nada mudaria, mas mudou; mudanças de rumo pareciam inevitáveis para quem não se desapegava daquela velha alma de caminhoneiro. Além disso, o lago criava distâncias novas. Todas as vezes que Raimundo pegava o ônibus-balsa, afastava-se mais, como se fosse embora a prestações. Partia na mesma velocidade que a água se aproximava das calçadas. A conta-gotas.

Dois anos vivendo daquele jeito e Kênia até gostava das noites em que Seu Raimundo não aparecia em casa. Assumir o controle da TV e ficar com o sofá só para ela era a melhor parte. Tinha mais silêncio, também, porque aqueles dois juntos em casa significava ouvir discussões sem propósito, resmungos, gritos por objetos que não estavam no lugar certo, portas batendo mais forte do que deveriam. Mesmo o silêncio era diferente, mais agressivo, como o som que faziam as bombas antes de explodirem.

Sempre respingava em Kênia. Ela ficou perita em prever tempestades, saber a hora de se refugiar no seu quarto, afundar a cara num livro, fingir que estava ocupada demais com algum dever de casa, antes que viessem encher o saco e descontar nela a raiva que sentiam de si mesmos. Nesses dias ela ouvia que era preguiçosa, que não estava fazendo as tarefas em dia, que sempre deixava a louça suja pela metade para sair com Tainara, que aquela menina não era boa companhia, e que da próxima vez que chegasse com mais uma nota 6 o chinelo ia cantar.

Com o tempo, a ausência do pai foi preenchendo mais noites. Ao contrário da lógica, ao menos da lógica típica de filha adolescente, a distância não aliviava as brigas. Parecia até que falavam idiomas diferentes, como se Alto do Oeste tivesse se descolado do restante do Brasil por eras e tivesse surgido ali um dialeto novo, que quem passasse mais tempo fora não seria capaz de entender. *Será que vão me entender quando eu for para outro lugar?*

A grande chuva veio para cobrir todas as casas abaixo da praça, mas deixou outras áreas descobertas, até demais.

Quando foi que a mãe descobriu que aquelas noites de Seu Raimundo dormindo fora em razão de trabalho eram também as noites em que ficava com a outra? Quando surgiu essa outra? Qual era o nome dela, como se parecia? Era quantos anos mais nova? Como já podia estar grávida, a desgraçada? Kênia só lembrava que ainda chovia, e ficou no quarto torcendo por um terremoto que sugasse aquela casa para as profundezas e não precisasse mais ouvir nada daquilo.

Teve raiva das chineladas que levou quando saiu da linha, das vezes em que foi xingada quando não conseguia corresponder ao ideal da filha perfeita, da surra de cinto que levou porque beijou um cara; parecia tudo tão pequeno perto da merda que o pai havia feito, e o maldito parecia nem se importar. Gritava como se fosse o rumo natural das coisas: trabalhar em outra cidade, arrumar outra mulher, fazer um filho nela.

"Alguém se importa em me dar a atenção que não tenho nessa casa!"

Que fosse então morar na casa da outra, que saísse da vida delas, e sim, ele gritava, é isso mesmo que vou fazer, e Dinorá gritava de volta que ele não teria direito a nada, e ele respondia que bem, isso vamos ver, esmurrava portas, enfiava umas camisas numa mala velha, pensava um pouco e então dizia que fica, fica com essa casa sim, vai afundar mesmo essa merda, e Dinorá chorava porque como pode não dar a mínima para o fato de que tinha uma filha, de que estavam juntos havia tantos anos e ele não podia deixar tudo para trás por causa de um caso; mas já era tarde. Raimundo saiu de mala e sem guarda-chuva para não voltar mais, porque, realmente, Kênia não tinha condições de competir com um bebê. Pela janela tão molhada quanto seu rosto, ela viu o pai sair pelo portão.

Naquela noite a mãe tentou abraçá-la, às lágrimas, e prometeu que tudo ficaria bem, que elas dariam conta juntas, mas Kênia achou aqueles braços pegajosos, aquele rosto salgado demais, escapou por baixo e correu para o quarto, onde se isolou debaixo de um cobertor grosso. A mãe não tinha entendido nada? Sentiu raiva, porque tinha que saber. Abandono não se apagava com palavras bonitas. Abandono abria fissuras, e Kênia desconfiava que suas paredes internas desabariam como as das casas de onde a terra cedeu.

Foi deixada ali para afundar.

48.

Kênia voltou tão estranha que fiquei me perguntando que tipo de doença deixava alguém com aquela cara amarrada. Tanta coisa que eu tinha para contar e ela caladona. Queria falar das aulas de Biologia, da professora colocando camisinha numa banana, queria falar do Tiago!

Eu mal tinha começado a falar das matérias que ela perdeu (tinha um trabalho para entregar naquela semana), mas ela já não parecia interessada em ouvir. Estava em outro planeta.

No intervalo atravessamos quase todo o pátio em silêncio. Resolvi perguntar se ela não queria lanchar. Ela não queria, mas esperou comigo na fila. Eu que não ia perder dia de arroz-doce.

Kênia não entendia como eu conseguia comer aquilo. "Parece que alguém vomitou na sua cumbuca."

Sentamos numa sombra na quadra, e ela ficou imitando (muito bem) o som da ânsia e fingia vomitar no meu lanche. Eu não estava nem aí. Respondia a provocação enchendo a colher de arroz-doce e comia com gemidos de prazer, para provar que minha imaginação era mais forte que a dela.

Rimos.

Senti que era o momento de perguntar: "O que você tem?" Eu tinha tanta coisa para contar, mas sentia que tinha algo mais sério para dizer. Primeiro, ela me olhou com dúvida. Depois, pareceu ter certeza de que ninguém entenderia melhor que eu.

"Que droga, Tainara." Ela travou antes de me contar: "Meu pai foi embora. Saiu de casa. Deixou minha mãe e eu sozinhas." Repetiu assim, três vezes, como se ainda não acreditasse. Explicou o resto da história com uma voz estranha, de choro. Há tempos os pais brigavam feio (eu

não lembrava de ver aqueles dois bem). Mas a situação tinha ficado séria. Seu Raimundo tinha outra família. Um filho pequeno até!

Reparei que Kênia arrancava com raiva as moitinhas que cresciam entre as fissuras do cimento onde a gente ralava o joelho nas aulas de Educação Física. Lá longe, o barulho do intervalo. Ali, a quadra vazia. Talvez ela tenha escolhido sentar ali justamente para poder gritar: "Ele saiu, ele saiu e me deixou presa aqui!" Gritou e deixou as lágrimas caírem.

"Foda-se seu pai!", eu gritei. Kênia até se assustou. Aposto que ela não esperava por aquilo. Mas fazer o quê? Eu já era uma especialista em abandono, sabia o que ela mais queria dizer aquela hora.

"É isso. Foda-se ele!" Ela concordou.

"Quer saber? Que se foda meu pai, que se foda minha mãe!", gritei na hora. Levantei e arremessei a cumbuca vazia com força. Ela quicou, atravessou a quadra e bateu na trave. Rimos feito doidas, mas eu sabia que teria que buscar a vasilha depois.

Gritamos juntas as verdades que estavam presas na garganta. Nunca vou perdoar meu pai, NUNCA. Espero mesmo que você não volte mais. Ele, que tinha preferido ficar com a família de mentira. Ela, que nos entregou como se a gente fosse bicho. Que fosse viver com eles e não voltasse. Eu não te devo nada. Não quero mais ver a sua cara. Não me lembro mais do seu nome. Não quero saber de irmão, não tenho irmão. A gente tá muito melhor sem você. E então nós duas gargalhamos tanto que até parecíamos vilãs de novela mexicana.

A lista de pessoas que a gente queria mandar à merda era enorme. Foi o que fizemos até tocar o sinal do intervalo, quando tivemos que secar as lágrimas que saíram com as gargalhadas. Foi como um abraço.

49.

Peguei um biquíni emprestado e só fui para a beira do lago porque a Kênia insistiu muito. Era sexta, teríamos um teste, mas fazia o maior calor e a gente estava de saco cheio. Chegando lá, vimos que não fomos as únicas a ter essa ideia.

Um pessoal de outra turma já tirava a roupa para dar um mergulho. As meninas se estendiam no chão usando shorts minúsculos para pegar cor nas coxas. Os garotos ficavam só de bermuda, exibindo todos aqueles ossos. Era o mais próximo que a gente tinha de uma praia no meio daquele deserto de terra vermelha. Pelo menos para isso esse desastre todo serviu.

Um garoto subiu no telhado de uma casa semiafundada e deu uma pirueta no ar antes de cair na água.

Eu não estava muito segura. E se tivessem ferros soltos boiando? Fios elétricos? Peixes com dentes? A água contaminada? E se nos vissem ali, com aquelas roupas?

Kênia dizia que eu pensava demais nos problemas. Ela me garantiu que ninguém apareceria ali, era uma rua vazia, todo mundo sabia que a gente estaria na aula, que a água não era tão funda, que se o pessoal nadava sempre ali era porque não tinha problema, e, caramba, estava fazendo sol!

Pela altura da água batendo nas casas dava para saber até onde dava pé. Mas Kênia queria alcançar o telhado de uma casa que ficava na parte funda. Ensaiamos mergulho e ela tentou me ensinar a boiar. Bati perna, me pendurei no pescoço dela, avançamos devagar, eu gritando com medo, ela rindo alto. Uma cena patética.

Ela me puxou para o alto do telhado, de onde observamos o resto do lago e a borda da cidade. Parecia o topo de uma ilha. Deitamos para tomar sol, sentindo como aquela água ficava oleosa na pele.

Não falamos nada. Ficamos deitadas, só observando os garotos disputando mergulho para catar objetos do fundo do lago. Eles subiam de volta com o braço estendido, vitoriosos. Um achou uma caneca. Outro um radinho de pilha (que não devia funcionar mais). Outro achou um tênis de luzinha! Era como achar ouro, mesmo que estivesse sem par.

As meninas ficavam nas bordas catando miudezas como se fossem conchas. Pedaços de cerâmica quebrada. Tampas. Carretéis com barbante. Pratinhos descartáveis. Um porta-retratos com o vidro quebrado e a foto borrada.

Os objetos das casas submersas boiavam e eram arrastados para as margens, como num grande saldão de lojinha de 1,99. Objetos de graça! Isso também explicava por que nossos colegas iam nadar lá. Não que ainda desse para achar coisas legais, porque os melhores objetos foram pescados nos primeiros dias. Ali era só o lixo do lixo. Ainda assim, lixo grátis.

Achei interessante uma tábua que passou boiando, nem sei por quê. Levantei e pedi para Kênia me ajudar a puxar aquilo, que eu também queria sair dali com alguma lembrancinha. Tentamos com um pedaço de pau, mas não chegava. Ela pulou na água, com cuidado para desviar de um muro, pegou a tábua e voltou usando ela de prancha.

Parecia uma tábua de madeira comum, mas tinha um olho mágico bem no meio. "Devia ser de um portão", ela arriscou.

Tentei arrancar aquele olho mágico de todo jeito. Tentei empurrar para fora da madeira, puxar com as unhas. Difícil demais. Depois que nadamos de volta para a margem, um dos garotos mais velhos viu nosso esforço e resolveu ajudar. Tirou um canivete do calção, e em vez de me espantar por ele estar armado, só agradeci por ter conseguido tirar o miolo que me interessava. Claro que era só uma desculpa para ele vir nos dar os três beijinhos, que ninguém era besta de fazer nada para outra pessoa de graça. Mas tudo bem, era um preço justo.

Olhei por aquela lente e a outra margem do lago ficava tão longe que até parecia que um oceano nos separava do restante do mundo. Deu um aperto estranho. Mostrei para a Kênia.

"O olho mágico faz o mundo ficar maior", ela achava.

Peguei a lente de volta e ficamos olhando feito piratas para o horizonte do lago.

Foi de repente que Kênia disse: "A gente tem que sair daqui." Ela parecia séria. Mas o que poderia ser tão sério numa manhã de sexta matando aula de biquíni?

Fizemos uma promessa aquele dia. Prometemos sair de Alto do Oeste. Nós duas. Juntas.

O olho mágico foi testemunha. Também foi testemunha de quando a promessa se quebrou, disso não posso esquecer.

É uma idiotice pensar nisso hoje. Aquele pedaço de terra onde fizemos a promessa nem existe mais.

50.

FACUNDO SÓ ENTENDEU O QUE O OLHO MÁGICO FAZIA NAQUELA CAIXA DEPOIS de ler o caderno.

Parecia uma quinquilharia sem propósito, uma tralha que Érica havia recolhido dos escombros da cidade e que guardou, por engano, com os objetos da ex-aluna. Mas Kênia sabia o tempo todo, e por isso achou graça quando examinou o objeto com os dedos pela primeira vez. Quando olhou por aquela lente, soube que era a mesma.

"Ah, o olho mágico. É um episódio muito bom. Principalmente pelo que a Tainara não escreveu."

Teve o mergulho, e os garotos resgatando objetos inúteis do fundo, sol no telhado, uma tábua com um olho mágico; a promessa de saírem juntas sim, mas apenas porque era a conclusão lógica de uma outra conversa, que veio antes, e aquele esquecimento proposital de Tainara significava algo, não?

"Não podemos contar com nenhum adulto para nos tirar daqui." E Kênia tinha quase certeza de que Tainara havia começado o assunto. Aquela história toda de Seu Raimundo havia ensinado algo às duas.

"Não podemos contar com eles para nada. Olha o que eles deixaram acontecer." Bastava apontar para o lago para provar um ponto. "Estamos sozinhas nessa."

Não havia muito o que fazer, a não ser se esticar em cima de um telhado para secar o corpo molhado.

"A gente podia ser irmãs", Kênia disse, o rosto das duas na horizontal. Tainara achou graça, e suas covinhas prenderam uma gota de água, formando uma minúscula piscina no meio de sua bochecha.

"Se desse, eu trocava fácil o Lúcio por você."

"É sério!" Kênia se sentou. "Se eles podem deixar pra lá os filhos que escolheram ter, por que a gente não pode ter a família que a gente quer? Por que a gente não pode ter escolha nenhuma?"

"Seria legal ter uma irmã", Tainara ponderou.

"Então. Você pode ser a minha." E Kênia realmente tinha aquela vaga em aberto.

"Irmãs podem ter a mesma idade e estudar na mesma turma?"

"Somos gêmeas! Idênticas." Kênia riu, porque a aparência delas dizia o contrário.

"A única diferença é que eu tenho mais peito." Tainara riu mais.

Brincaram com as novas possibilidades que aquilo representava: usar as roupas uma da outra, ter segredos que não dividiriam com ninguém, fazer os trabalhos juntas. Proteger a outra sempre. E o principal: fazer de tudo para que saíssem daquela cidade assim que pudessem. Não sabiam como, mas ali prometeram que quem saísse primeiro ajudaria a outra a ir em seguida. E sair dali significava deixar para trás aquela vida sem escolhas, e morar juntas como a família nova que tanto desejavam. Uma família que não abandonava.

No fim do dia, Tainara amarrou o olho mágico num cordão e deu para Kênia usar como um colar. Um presente para que se lembrassem do dia em que viraram irmãs, mas que também fez Kênia, desde então, se acostumar a enxergar o mundo através de uma lente.

51.

A HISTÓRIA DA SEREIA FOI A QUE KÊNIA MAIS TEVE QUE CONTAR EM ALTO DO Oeste. Tomando uma no boteco, perguntaram. No hotel, quiseram saber. Jéssica ficou curiosa. Cleiton também perguntou. Ficava bem à vista, no antebraço esquerdo, atraía a atenção, fazer o quê?

Aquela tatuagem parecia guardar histórias de viagens ao mar, como se tivesse sido feita ela própria no convés de um navio, como as de um marinheiro, embora Kênia duvidasse que mesmo os marujos mais rústicos se tatuassem em alto-mar.

Contava que não era nada disso, mas que era como se fosse.

A tatuagem, no caso, era dos seus tempos em Buenos Aires.

Havia terminado um curso e também um caso; não sabia quanto tempo continuaria na cidade, nem se continuaria. Gostava daquela decadência charmosa, da arquitetura antiga e de ser tão distante de tudo que conhecia. Mas era arrumar um emprego ou voltar ao Brasil — só que voltar para onde?

Dividia um apartamento pequeno com uma estudante num prédio antigo em San Telmo. Sentava no batente da janela da sala para fumar e fotografar as ruas, os prédios vizinhos, o recorte que a arquitetura do centro deixava no céu.

Às vezes, mirava as janelas e conseguia pequenos flagras do cotidiano. Uma mulher falando ao telefone. No andar de cima, um homem de toalha, caneca na mão. Gatos tomando sol ao lado de vasos floridos. Alguém estendendo calcinhas no varal. Um adolescente aprendendo a tocar violão no quarto. Via as conversas, as visitas entrando e saindo, as pessoas se despindo, as mudanças, personagens que saíam de cena para não voltar mais. Quando havia se tornado assim tão interessada pela vida dos outros?

Sua própria janela indiscreta, mas talvez precisasse se despedir dela.

Resolveu que sim, estava acabado: não tinha mais o que fazer naquela cidade. Que terrível era precisar se despedir, mas só porque significava quebrar uma expectativa de ficar. Por que havia essa ideia, quase imposição, de que era preciso arrumar um lugar aonde se chega e fica? E se não encontrasse nunca um lugar onde se encaixasse? E se o próximo lugar se acabasse? Sempre havia essa chance. *Uma cidade inteira debaixo d'água.*

Naquele momento, decidiu que preferia ter uma vida errante, justamente como imaginava que o pai caminhoneiro esperava que não tivesse. Mas ele já não tinha poder de veto havia muito tempo, e as escolhas de vida de Seu Raimundo não eram exatamente o que Kênia considerava boas ideias. *Comprou uma casa e jurava que ia se aposentar em Alto do Oeste!*

"Nenhum lugar é para sempre." Resolveu que tatuaria isso para reafirmar seu compromisso consigo mesma, de seguir em frente, de não olhar para trás, para as cidades que desmoronavam ou para as relações que se rompiam, inevitáveis.

Teria pelo menos algo permanente em meio a uma vida tão transitória.

Quando Kênia passava perto do porto, aquela ideia parecia ganhar força. *Fomos feitos para partir.* Tinha ouvido histórias sobre as casas de El Caminito, com aquelas cores vibrantes e sólidas que sempre atraíam seu olhar; as casas eram feitas de madeira e metal, pintadas com as tintas que sobravam dos navios, construídas pelos imigrantes que resolveram ancorar a vida naqueles cantos. Pareciam até enormes barcos atracados, que a qualquer momento se descolariam do chão em caravanas que acenariam adeus, adeus, rumo à próxima parada.

Andou por toda a La Boca até encontrar uma casa de tatuagens. Precisava aproveitar o exato lugar e momento em que os pontos certos se conectaram na sua cabeça.

Ensaiou como explicar o que queria para o tatuador, um galego de dois metros de altura, um viking perdido no século errado; mas, enquanto esperava sua vez, folheou o catálogo e mudou de ideia. Passou o olho pelos desenhos, viu a sereia e soube na hora: seria ela.

De braço estendido, observava a tinta entrar na sua pele como um carimbo de passaporte que, irreversível, diria que agora não tinha mais volta. Que ela afinal tinha algo a ver com aquele bicho metade uma coisa metade outra que nunca se encaixou em lugar algum. Nas cidadezinhas, era a forasteira, a que vinha de fora e parecia uma ameaça justamente por ter visto outros mundos. Nas capitais, era a moça de origem pobre, uma aberração estatística que conseguiu dar certo apesar de ter vindo do cu do mundo, perseguida pela pergunta "De onde você é?" e pela impossibilidade de uma resposta que não passasse pelo surrealismo de explicar que cidades afundavam e que às vezes não dava tempo de fazer nada a respeito.

Depois de um tempo, chegou à conclusão de que a sereia foi uma escolha melhor do que as palavras. Um texto sempre seria aquilo que foi escrito, mas uma imagem poderia significar outra coisa. A ambiguidade parecia a Kênia mais interessante, assim como uma criatura que não era nem uma coisa nem outra. Um bicho de fronteira.

"Foi quando você foi embora de lá?", Cleiton perguntou, quase debruçado sobre a mesa do bar. Imaginava Kênia recém-tatuada pegando um daqueles navios, o vento nos cabelos, jovem e cheia de aventuras pela frente, voltando ao Brasil.

A verdade era menos dramática; na verdade, tinha ficado em Buenos Aires mais um mês. Foi indicada para trabalhar num pequeno jornal, onde conheceu Facundo. Mesmo saindo do emprego e da cidade, os dois mantiveram contato. Reencontraram-se no Brasil dois anos depois e decidiram que talvez pudessem fazer uma grana juntos; mas aquela parte da história as pessoas geralmente ouviam primeiro.

"Ah, puxa." Cleiton parecia decepcionado com o desfecho, mas Kênia não tinha prometido a ninguém que a história da sua tatuagem fosse um épico, com uma baita mensagem, onde tudo de repente se explicava. Por que as histórias precisavam levar a qualquer lugar?

"Sabe, Cleiton", ela serviu o resto da cerveja com a expressão de quem tinha algo muito sério para revelar ao jovem, "na vida nem sempre as coisas terminam como a gente espera."

52.

O SOM DOS CLIQUES, O RUÍDO DAS LATINHAS DE SPRAY.
Dessa vez era apenas Kênia e Tiago, as câmeras, um Xamã atento, sentado na calçada, e um muro, atrás do colégio, que recebia os primeiros traços.

A ideia era ter umas cenas de preenchimento. Registrar o processo inteiro, para depois acelerar a imagem e ver as camadas de tinta se sobrepondo, formando uma figura nítida, enquanto o artista passaria borrado, como um vulto. Não precisariam do áudio, por isso a conversa fluía solta, sem a preocupação de ser entendida pelos ouvidos de um jornalista preocupado com tantos detalhes e porquês e qualquer ordem narrativa que seja.

"Bota fé de eu investir numa câmera mais profissa?" Tiago organizava no chão o material que usaria. "Tô pensando nisso desde que dei um rolê com a sua. Essa lente aí é um caminho sem volta."

"Essa? É a dezesseis trinta e cinco."

"Porra, é sensacional. Acho que preciso de uma nesse esquema."

"Será? Para o que você faz, a sua cumpre bem a função."

"Acho que faria diferença. Saber mostrar bem o trampo importa tanto quanto saber fazer."

"Bem, se você pensar em trocar sua câmera, posso te vender essa lente."

"Achei que fosse sua preferida."

"Aqui tenho usado mais a 50mm. Mais leve, um pouco mais fechada."

Ela não disse, mas fotografar gente exigia diminuir as distâncias.

"Um dos melhores conselhos que recebi na vida", Kênia continuou, enquanto trocava a lente, "foi o de manter a mala leve. Facilita quando sua vida está entre viagens. Talvez eu devesse reduzir meus equipamentos de novo. Ficar com o básico."

"Faço isso desde que aluguei sozinho meu primeiro apê", ele contou. "Todo o tempo que fiquei lá não me incomodei em comprar móveis. Tinha duas almofadas no chão da sala, uma mesa dobrável, aquelas de boteco, e um colchão."

"Um acampamento, então." Kênia riu.

"Recebi minha mãe uma vez e ela ficou chocada. Quis me dar um sofá. Pra que eu ia querer um sofá? Mal parava em casa, trabalhava o dia inteiro. Só ia dar mais trabalho para carregar tralha depois, porque eu sabia que não ficaria ali muito tempo. Tive que rodar muito para ter meu nome reconhecido na cena. Fazer o que eu queria fazer."

Kênia ajustou o foco em busca da mão de Tiago, no centro.

"Que bom que você descobriu cedo o que queria fazer." Kênia não achava comum encontrar alguém que trabalhava numa carreira que começou aos quinze.

"Você não sabia desde aquela época? O que você queria fazer?"

"Ah, não. Tive que percorrer um longo caminho para descobrir."

"Parece que ali você já sabia."

"Por que diz isso?"

"Sei lá. A gente não conversava muito, mas eu te via como alguém que sabia para onde ir. Por isso tão doida para sair logo daqui."

"Pode ser, mas isso não quer dizer que eu sabia o que queria fazer. A fotografia viria muito tempo depois. Um pouco por acaso."

"Vai ver o que você sempre quis fazer foi viajar. Desde aquela época. A fotografia pode ter sido um pretexto para isso."

"Talvez", ela disse, depois de uma pausa.

"Não é um pouco o que estamos fazendo aqui?"

Arrumar algum sentido para a própria narrativa. Reordenar as próprias memórias. Mas Kênia não disse nada.

Tiago se afastou do desenho, avaliou se a proporção estava certa, fez pequenos ajustes num traço ou outro. No muro, as linhas do esboço começavam a ganhar forma e se parecer com algo identificável.

"É um rosto?", Kênia perguntou.

"Aqui vai ser um desenho pra representar a juventude da cidade. Lembrar dos colegas que estudaram no CEAN."

"Seu estilo é tão seu", Kênia comentou. "Não me lembro de ter visto algo parecido."

"É só o jeito que eu consigo pintar", Tiago pareceu se justificar, sem entender que se tratava de um elogio.

"Como você descobriu? Que era esse seu estilo?"

"Repetindo", ele respondeu. "Grafitando um, dois, três muros. E depois grafitando mais, pintando e pintando, desenhando sem parar. Desenhando por anos. Não tem outro jeito de descobrir, acho. Só quando você repete um trabalho várias vezes é que descobre quem você é."

Quantas fotos eram necessárias para fazer uma fotógrafa?

"Atrapalha se eu colocar um som?", Tiago perguntou de repente.

"De jeito nenhum."

Tiago tirou o celular do bolso, procurou a playlist que havia preparado para seus dias pintando em Alto do Oeste, escolheu um jazz para começar.

"Não é sempre que tenho alguém para conversar. Costumo colocar música para pintar porque o silêncio me deixa inquieto. É a parte ruim de quase sempre estar sozinho. Passo tempo demais dentro da minha cabeça."

Kênia entendia. Por mais que conhecesse pessoas novas e fizesse amigos no caminho, sempre havia um canto do dia onde não dava para escapar da solidão.

"A parte mais difícil de viajar tanto", ele continuou, "é lidar com esse tempo sozinho, pensando mil fitas. Na real, é só outra forma de dizer que é difícil aprender a conviver comigo mesmo."

"Sei como é."

"Deve ser bom ter um companheiro nessas jornadas", Tiago comentou.

"Na verdade, ele começou a me seguir aqui na cidade."

"O argentino?"

"Ah, achei que você estivesse falando do cachorro."

Xamã coçou a orelha com incômodo. Cheirou e lambeu a pata que tinha enfiado no ouvido. Voltou a se deitar, fingindo não se importar com a conversa.

"Não deixa de ser um companheiro", Tiago disse.

"Sempre há alguma companhia", Kênia respondeu. "Tenho uma teoria de que existem dois jeitos de acompanhar um andarilho: ou andando com ele ou vendo ele passar."

"O dog aí é do tipo que fica ou que passa?"

"Ah, isso ainda vamos saber."

"Seu colega argentino parece ser do outro tipo."

"Só porque somos parecidos. Facundo também não consegue ficar quieto", Kênia disse. "A vontade de sair do lugar e colocar pé na estrada é a mesma. Os motivos são outros."

"Ele não quis vir hoje?"

"Nada. Tá escrevendo. Vai tentar vender uma matéria para um site."

"E suas fotos? Já sabe pra quem vender?"

Kênia balançou a cabeça bem devagar. "Faço nem ideia. Estou tentando encarar isso como um estudo. Explorar uma linguagem diferente, ver o que consigo fazer. Ainda não sei aonde isso vai levar, só quero entender os caminhos possíveis. Depois penso em vender."

"Tenho uns contatos. Posso desenrolar pra você."

"Massa." Ela pareceu surpresa. "Engraçado. Essa deve ser a conversa mais longa que já tivemos."

"Tivemos que virar outras pessoas para termos assunto." Tiago achou graça. "Mas vamos combinar que é mais fácil ser alguém interessante depois de viver uns bons anos."

"Que a gente continue envelhecendo, então", ela disse, e os dois riram.

Na camada seguinte de tinta que Tiago colocou, Kênia percebeu que o rosto que ele pintava tinha covinhas.

53.

Milagre turístico em meio a ruínas no Cerrado
Um passeio pela cidade que passou décadas submersa e se tornou destino exótico para turismo religioso

Por Facundo Mercuri

Aos sábados, o ônibus-balsa chega repleto de fiéis. Dentro do veículo metade ônibus metade embarcação que virou uma das marcas registradas do lugar, o guia Cleiton, de 23 anos, começa sua apresentação. Apontando para a água, ele mostra onde originalmente passava a pista de entrada e, mais adiante, o ponto onde ficavam os prédios da Prefeitura, o Hospital, a Delegacia e a Câmara de Vereadores, todos ainda submersos. "Foi por aqui que tudo começou", Cleiton diz, em seu texto ensaiado na ponta da língua, ao se referir ao momento em que a cidade começou a afundar.

Muitos se referem a Alto do Oeste como a "Atlântida do Cerrado". A cidade, localizada a aproximados noventa quilômetros da capital, desapareceu debaixo de um lago há cerca de dezessete anos, mas reapareceu depois de uma longa seca que fez a água recuar, revelando uma cidade antiga, em ruínas.

"Foi a mão de Deus todo misericordioso que resgatou a cidade do fundo do lago. Um lembrete de que, para quem nele crê, nada está perdido. Tudo tem volta", diz o padre Matias, pároco da cidade e um dos responsáveis por atrair o movimento de volta à região.

Padre Matias é uma espécie de celebridade local. Conhecido como "padre náufrago", chegou a viver alguns anos isolado na ilha que se formou no meio do lago, até ser resgatado com sintomas de dengue.

"Sozinho na ilha, ardendo em febre, sonhei que Deus me mandava um barquinho vazio", ele conta. "Nesse sonho o Senhor dizia, com voz de trovão, que a obra dele se completaria em outro tempo, mas que eu precisava ir embora. E eu ficava muito preocupado em carregar minhas coisas, sabe, levar minha santa, as panelas, meus livros. E Deus me respondia: 'Espera em oração, Matias, porque você um dia voltará aqui para buscar.' E fui embora. Anos depois, quando soube da notícia, entendi que aquele era o sinal, que aquela era minha hora de voltar e reconstruir esse lugar com fé. E a imagem da santa continuou no mesmo lugar que deixei."

A história do sonho do padre abre toda homilia de domingo, além de ser mencionada no texto de abertura do panfleto entregue aos turistas. *"Alto do Oeste: a prova de que é possível retornar das profundezas para a luz do amor divino"*, diz o título.

A falta de explicações que envolve tanto a extinção da cidade quanto seu misterioso retorno é considerada evidência de um milagre que brotou no coração do Cerrado, e que atrai centenas de fiéis vindos de todos os cantos do país. Se o sagrado parecia não ter mais lugar num mundo cada vez mais dominado pela tecnologia, onde aparições de santos deram lugar a ascensão de celebridades, vídeos engraçados e notícias falsas escritas em caixa-alta, um evento como o renascimento de uma cidade não é capaz de passar despercebido a quem procura qualquer sinal de milagre ao qual se agarrar.

"A padroeira do Brasil também veio de baixo d'água", lembra uma senhora no ônibus-balsa, em sua primeira visita à cidade. No entanto, a padroeira da cidade é outra: Nossa Senhora dos Esquecidos, que estampa camisetas que podem ser encontradas na lojinha da igreja.

Camisetas, santinhas, canecas, chaveiros, livretos, adesivos com o desenho da igreja, frascos com água benta (do lago), até miniaturas do ônibus-balsa: o visitante encontra uma variedade de opções de lembrancinhas ungidas para levar para casa e, de quebra, ajuda a paróquia a se manter.

No entanto, não só a igreja se beneficia do dinheiro dos fiéis: a presença de tantos visitantes mobiliza todo um comércio organizado ao redor do turismo, envolvendo hotel, restaurante, bar, café, loja de artesanato e aluguel de bicicletas.

"Viver de turismo é uma novidade aqui em Alto do Oeste", diz Rebeca, moradora de longa data e proprietária de um café. "Precisou tudo ser destruído para verem algum valor nesse lugar. Então esses turistas são abençoados. E muito bem-vindos."

Comer e rezar

As caravanas que desembarcam aos sábados são primeiro levadas para um tour pelo centro de Alto do Oeste, onde o visual rústico da cidade impressiona e rende belas fotos.

Em seguida, Cleiton conduz os turistas para o hotel, o único lugar da cidade que conta com energia elétrica, sempre lotado aos fins de semana. É preciso reservar com antecedência. Dos quartos no terceiro andar, para quem quiser desembolsar um pouco mais, é possível ter uma vista do centro da cidade e do lago no horizonte. Para quem prefere uma experiência mais "autêntica", há as pousadas, casas originais de Alto do Oeste preparadas para receber hóspedes, o que significa poucos móveis, paredes grossas de lama ressecada, chuveiro com água fria e um pequeno fogão a gás. Os mais aventureiros podem acampar: no bosque no alto do morro é possível encontrar um bom lugar para observar as estrelas, uma das poucas coisas que se consegue enxergar no breu absoluto da cidade.

A vida noturna é sobretudo escura, mas na rua principal há algum movimento, graças ao boteco da praça. Os turistas podem aproveitar para conhecer os moradores que frequentam o bar, sempre solícitos para contar as histórias do lugar, como velhos marinheiros que viveram aventuras fantásticas em mares distantes, pelo preço de uma ou duas cervejas, a depender do nível de detalhes desejado. A cerveja é barata, mas nem sempre gelada.

A principal atração, no entanto, é a missa de domingo. A imagem da santa, recém-reformada, dá as boas-vindas a uma igreja com o charme que somente os templos antigos e destruídos podem ter. Os panos de linho sobre o altar, as flores, as velas e os bancos de madeira são simples, mas novos. Toda a estrutura da igreja, no entanto, foi preservada da maneira que o lago devolveu: a cor característica do barro continua a *cobrir até as placas de metal com as gravuras da via-crúcis. Um detalhe que chama a atenção são as paredes que, ao toque, continuam frescas, como as de uma gruta úmida. "É como se tivesse acabado de sair da água!", observa uma das visitantes, que veio do norte do Tocantins para ver com os próprios olhos aquele milagre. No meio do clima quente e seco característico da região, o frescor das paredes pode mesmo ser considerado uma bênção.*

Nem só de orações se vive em Alto do Oeste. Depois de deixar suas preces e doações no altar, o visitante pode desfrutar da típica culinária alto-oestina. Além das tradicionais pamonhas, arroz com pequi e galinhada, é possível se aventurar na parte mais exótica do cardápio: rãs grelhadas e churrasquinho de capivara são as mais pedidas e, além do sabor, têm valor histórico. "Era o que a gente comia no tempo de escassez, quando a cidade ficou isolada e já não era abastecida com tanta frequência", conta Seu Roberto, dono do restaurante onde a capivara é a estrela dos pratos. As rãs, ele garante, são pescadas no próprio lago e ainda estão frescas quando vão para a frigideira.

Mergulho nas ruínas submersas

Ainda que tente se firmar no segmento de turismo religioso, as ruínas de Alto do Oeste oferecem atrações diversas. O Museu da Memória Alto-Oestina e a feirinha de artesanato são opções para quem se interessa pela cultura da região. As visitas guiadas, disponíveis todos os dias da semana, oferecem um passeio completo e bastante informativo, de interesse não só dos peregrinos cristãos, mas dos curiosos que vêm conhecer de perto a história do desastre.

A falta de estrutura da cidade é a maior barreira para seu crescimento como destino turístico e, ao mesmo tempo, seu maior atrativo. Quem busca conforto e facilidade vem ao lugar errado. Isolamento e belas cenas de destruição, no entanto, despertam a cidade para seu potencial como destino de aventura. De olho nessa possibilidade, a agência de turismo local está apostando em excursões dentro do lago: o mergulho pela área de ruínas submersas atrai mergulhadores em busca de cenários inusitados e diversificam o perfil de visitantes que chegam a Alto do Oeste, onde cilindros e pés de pato eram, até então, objetos de outro planeta.

Mas os moradores parecem ter se acostumado às novidades que chegam via ônibus-balsa. Depois de verem uma cidade afundar, não se impressionam facilmente com qualquer coisa.

54.

No dia em que ganhara aquela cicatriz, as preocupações de Érica provavelmente foram as mesmas de um dia qualquer.

Levantar-se antes do sol, colocar a água do chá para ferver, mastigar alguma coisa, contentar-se com um banho frio porque de novo faltava luz, deixar tudo limpo antes de sair, porque não era sua casa, sua casa já estava debaixo d'água e foi com sua amiga manicure que passou a morar, a três ruas do CEAN.

Chegar ao colégio e abrir o portão principal, mas antes encontrar a chave certa no meio de dezenas que sacudiam juntas em suas mãos. Arrumar os materiais na sua sala. Conferir a agenda do dia. Os professores que chegavam, sonolentos. Discutir os planejamentos de classe. Ver se precisavam de alguma coisa e ter que avisar que não, de novo não teriam café, não se encontrava mais café naquela cidade; o carregamento do supermercado tinha sido saqueado, um bocado da mercadoria havia caído no lago, mas tem chá, alguém quer chá?

Tocar o sinal. Dar aula de História no primeiro horário, porque não podia ser apenas diretora num colégio onde faltavam professores. Pensar no que fazer para substituir o de Química, transferido na semana anterior. Como manter o ar de normalidade num colégio onde não se ensinava mais hidrocarbonetos aromáticos? Difícil.

Anotar datas no quadro. Contar histórias de gente que não existia mais. Responder às dúvidas. Pedir um resumo do Capítulo 18. No segundo horário, corrigir as avaliações de outra turma, de outro dia. Circular frases mal escritas, deixar comentários explicando possíveis confusões, fazer contas, escrever as notas no topo das provas, desanimar com a falta de atenção incurável daqueles adolescentes. Que difícil competir com as outras prioridades que eles tinham.

Ser interrompida por um grupo de alunas que precisava do auditório para ensaiar uma peça contra as drogas. Abrir o auditório. Passar na cantina e anotar os nomes dos alunos que estavam cumprindo horário. Conversar com a funcionária sobre o cardápio do dia. Pedir para a mocinha com a faca não tirar tanta batata junto com as cascas ou não seriam o suficiente para servir no lanche. Aproveitar para definir no quadro de atividades os voluntários para cuidar das tarefas de limpeza do dia.

Ver que ainda faltava muito para o intervalo e de repente aquela vontade de fumar. Seus cigarros acabaram, os cigarros do supermercado acabaram, e ela sabia que precisava esperar que Tiago Branco lhe trouxesse, escondidos, os dois maços que ela havia pedido.

Tentar esquecer que encomendava cigarro com aluno traficante.

Comer a ponta das unhas para tentar esquecer os cigarros.

Ouvir gente gritando do outro lado do pátio. Alguém que veio correndo ao seu encontro avisar que era briga, professora, faz alguma coisa ou ele vai matar o Branco.

Correr. Pensar de novo no cigarro. Quando Branco ficou de trazer sua encomenda mesmo?

Chegar e ver um garoto deitado no chão, apanhando. O que batia, armado com uma ripa de madeira e muita raiva. Um professor tentando segurar os braços do agressor. Gritos dos alunos ao redor. Os que estavam dentro de sala, assistindo à aula, começaram a sair, curiosos. Plateia. Gritos. Nem terceiro horário de uma quarta-feira e já acerto de contas?

Gritar por reforços. Receber ajuda de mais dois professores, os outros com medo demais para se aproximar. Branco no chão, sangue espirrado. Ajudar o garoto a se levantar, garantir uma distância segura entre os dois. Desarmar o outro aluno. Era aluno? Ela não se lembrava do rosto dele. Quem tinha deixado ele entrar? Lembrar que estavam sem porteiro e de repente ficar cansada, muito cansada.

Tentar entender o que estava acontecendo. Estender o braço, fazer perguntas. Não ver que Branco agarrava uma lapiseira, que para ele a briga não tinha acabado, que ninguém o segurava, que avançava com a lapiseira como se fosse uma lança muito afiada.

Descobrir da pior forma que não tinha defesa nem contra o que acontecia muito devagar nem contra o que era rápido demais. Virar-se a tempo de impedir que a ponta da lapiseira perfurasse o olho do outro rapaz, mas perceber tarde demais que fazia seu próprio corpo de escudo e que por pouco o golpe de Branco não atingia seu olho esquerdo. Gritar. Sentir o sangue vazar de sua bochecha rasgada, a lapiseira no chão.

O agressor aproveitar a confusão para fugir, pulando o muro. Branco abalado. Saber que não adiantava chamar a polícia, eles nunca chegavam a tempo. Não chegavam nunca. Desculpa, professora, desculpa. Alguém que vinha com uma camiseta do uniforme para estancar o sangramento.

Deixar o professor de Educação Física no comando da situação até que ela voltasse. Gritos para que os alunos voltassem para a sala. Segurar o uniforme vermelho contra o rosto, ir depressa para o posto de saúde com a ajuda das moças da secretaria. Pensar que ainda tinha metade das provas para corrigir enquanto uma enfermeira costurava sua cara, e lamentar, entre um ponto e outro, que terminaria aquele dia horroroso sem um puto de um cigarro para fumar.

55.

Aconteceu rápido demais. A professora riscava no quadro os valores de um triângulo retângulo e de repente um barulho que parecia ser de marteladas. Depois, gritos. Quando saímos da sala para olhar o que rolava no pátio, a professora Érica levava uma facada na cara.

Quem tinha cabeça para encontrar o valor de x depois disso?

Disseram que foi briga de traficantes. Um malinha passou a perna em outro. O tipo de coisa que acontecia nas ruas e a gente ficava sabendo pelo jornal ou por boatos de vizinhos. Jamais imaginei que isso começasse a explodir dentro do colégio, entre uma aula de matemática e o intervalo.

É claro que Tiago Branco estava envolvido. Só uns dias depois Tiago MDC me contou que Branco teve que fugir da cidade ou perigava morrer. Uns caras barra-pesada tinham sido alunos da professora Érica e não gostaram nada daquela notícia.

Na hora, ninguém pensou em consequência nenhuma. Na hora, todo mundo ficou em choque. Suspenderam as aulas, todo mundo foi embora mais cedo. Para mim não adiantou nada, meu nome estava na lista de ajudantes da limpeza aquele dia. Quando me inscrevi para ser voluntária (em troca de pontos extras), não pensei que poderia ser escalada para a limpeza logo em dia de sangue derramado no pátio.

Fomos eu e Kênia com mais dois alunos buscar os rodos, as vassouras e os panos. Enchemos dois baldes. Jogamos água no chão e o sangue se desfez em espirais. Esfregamos com força o sabão para não deixar que os respingos virassem marcas que nos lembrassem o que aconteceu naquele pedaço do pátio.

Os garotos não paravam de especular. Um se perguntava se a professora ficaria bem. O que varria as escadas tinha certeza que sim, *afinal, ela era imortal. Kênia só empurrava a água com sabão e sangue, muito calada.*

Eu achava que tinha sido um acidente. Não conseguia ver como alguém tentaria atacar a professora Érica de propósito. Um dos garotos disse que quem traz uma faca para o colégio é lógico que quer acertar o olho de alguém. Aquelas histórias estavam ficando tão comuns que só me restava concordar com ele.

Joguei mais água no chão e empurrei aos poucos a sujeira para longe. A água também nos empurrava, para fora ou para mais perto uns dos outros. Não surgia nada de bom dessa proximidade forçada.

Mais tarde, Kênia resolveu tocar no assunto: "E se fosse a gente?" Se fosse a gente, seria o nosso rosto sendo costurado aquela hora. Até então, eu nunca tinha visto sangue no chão. Certeza que se aquele tanto saísse de mim na base da porrada, eu não conseguiria me levantar e reagir. Eu teria apanhado mais. Quando é que a gente sabe que apanhou tanto que pode morrer? Acho que não quero descobrir.

A gente tinha almoçado lá em casa e fomos atrás de umas rosquinhas na padaria. As ruas de Jardim Avante estavam quietas. O céu escuro anunciava chuva pesada.

Andamos um tempo em silêncio. Nosso passo tinha acelerado sem a gente perceber. Talvez porque umas gotas começaram a cair. Ou a gente tentava fugir daquela possibilidade nova: apanhar até não aguentar mais. Sempre pareceu algo bem distante, mas naquele momento era uma ideia tão próxima que me senti seguida por alguém invisível.

"Será que seu irmão ensinaria a gente a sair na porrada?" Kênia só podia estar louca. Tentou argumentar que a qualquer momento alguém poderia aparecer do nada e quebrar a minha cara! E aí, o que eu ia fazer? Apanhar calada? "Ninguém nunca ensinou a gente a brigar, mas é questão de sobrevivência. O Lúcio pelo menos tem experiência nisso."

Tentei explicar que Lúcio tem experiência em ser um babaca. Ele jamais nos ensinaria a brigar porque a gente é mulher. Eles querem mais é que a gente seja fraca.

Kênia não estava nem aí. Não me ouvia. Queria porque queria aprender a lutar. "Vamos aprender sozinhas!" Eu achava uma maluquice. Além disso, tinha começado a chover.

Kênia me deu um empurrão que eu não esperava. Me recusei a cair na dela, mas ela continuou a me empurrar e a me provocar. Até que resolvi virar o braço com tudo (ela bloqueou com as mãos). Nem ela esperava conseguir aquela defesa, então riu.

No começo, foi mais uma brincadeira. Corri atrás dela, mas ela fugia. Tentava me chutar, mas eu desviava. A briga começou mesmo quando chegamos mais perto.

Soco nas costas, tapas, chute no quadril, canela com canela, pisão no pé. Ela tentou agarrar meu cabelo, segurei o braço dela. Ela me derrubou, puxei ela junto. Ela me deu um soco, usei minhas pernas para afastá-la. Chute na barriga, chinelada nas coxas. Ela levantou, agarrei a canela dela. Ela tropeçou, subi em cima dela.

A chuva engrossou e nós duas lutando sujas de lama, sem lembrar mais por que começamos a briga. Sem lembrar que não era para ser sério. Mas já não dava para impedir os golpes que vinham com mais força, nem dava para saber de onde vinha aquela vontade de arrebentar a cara dela. Continuei a bater e a bater, a água caindo nos olhos e eu não enxergava mais nada, os braços dormentes, até ela gritar para eu parar. Foi quando vi o vermelho na minha mão, caí para trás, na lama, e me dei conta de que a boca de Kênia sangrava.

Como eu ia saber a hora em que uma briga acabava? Eu nunca tinha brigado antes. Não sabia como funcionava, não sabia a força que eu tinha. Não sabia que existia um prazer esquisito em socar a cara de alguém, e fiquei com medo de, por um momento, ter entendido por que Lúcio fazia aquilo.

Até onde eu teria ido se precisasse? Aquilo me assustou mais do que a ideia de apanhar até não levantar mais.

Cheguei perto, mas ela me afastou e levantou sozinha. Tinha cortado o lábio, mas a água da chuva fez o sangue escorrer pelo queixo. Saímos dali e procuramos abrigo para esperar a chuva passar. Sentamos debai-

xo do toldo da padaria depois de comprar as rosquinhas. Encharcadas, ridículas, a boca rachada, arranhadas, esfoladas, sujas de lama, chinelo arrebentado. Mesmo assim, ficamos satisfeitas. Percebemos ali que a gente dava conta de uma briga sem precisar morrer de tanto apanhar.

O problema era voltar para casa naquelas condições. Mas o "minha mãe vai me matar" parecia pequeno depois daquilo. Ninguém mais nos mataria se a gente não quisesse. Não deixaríamos.

Eu queria que fosse verdade. Mas uma semana depois mataram meu irmão, e a ideia de que eu teria força para me defender naquele lugar foi pelo ralo, feito sangue misturado com água.

Do que adiantava ser uma pessoa boa? Do que adiantava saber bater e apanhar? Nada disso servia para nos proteger. Éramos pessoas minúsculas, sem poder nenhum. Nada podia nos defender disso.

56.

Tudo que conheci de Graciano desceu numa caixa para dentro da terra molhada. Não fazia sentido.

Outro dia ele tinha dado uma mordida no pão com maionese que eu tinha deixado em cima da mesa. Reclamei, ele disse para eu parar de morrinhar comida, eu disse para que ele ficasse com aquele, que eu fazia outro sanduíche para mim, ele foi todo satisfeito para a sala com o pratinho e um copo de refri, de lá me chamou com a boca cheia, falou para eu correr que ia perder o filme. Como aquela besteira pode ter sido uma das nossas últimas conversas?

O buraco estava cercado de gente. Amigos da rua, do colégio, professores, vizinhos, gente da igreja. Choro, gritos, soluços e sussurros. A vó ficou sentada numa cadeira porque já não se sentia bem. Ela chorava e gemia enquanto uma vizinha abanava o rosto dela. Lúcio, com o rosto fechado, tentava parecer forte.

Eu não chorava porque não fazia sentido. No fim daquele ano, Graciano se formaria no CEAN. Faltava tão pouco para ele se livrar de vez daquele colégio que tudo pareceu um engano. Não fazia sentido que alguém pudesse acabar primeiro que um caderno de dez matérias com um surfista na capa.

Tiago me abraçou forte na porta do cemitério e não disse nada. Kênia também ficou calada, segurando minha mão o tempo todo.

Lembrei das vezes em que atendi o telefone e era uma Marina, sempre uma Marina perguntando se "o Graciano está". Eu gritava Graciano, ele vinha, atendia o telefone e eu tinha certeza de que ela gostava dele, mas não conseguia dizer se eles já tinham se beijado ou se estavam namorando de verdade, porque ele nunca me falava desse assunto. Não tem problema, *eu pensava, um dia vou acabar conhecendo essa menina mesmo, mas ali eu olhava para as garotas que choravam no enterro sem ter a menor ideia de quem seria a Marina. Será que ela estava lá? Será que ela sabia, ou um dia ligaria lá para casa, como sempre, e eu teria que dizer que Graciano não estava, que ele estava morto e não poderia atender?*

Não fazia sentido uma porção de coisas, como as histórias que circulavam dizendo que Graciano estava envolvido com os traficantes, que não entregava só água de bicicleta, que de alguma forma se enrolou. Uns diziam que ficou devendo. Outros diziam que roubou parte da mercadoria.

Tinha também quem dizia que não, Graciano era mesmo trabalhador, mas a polícia o confundiu com um traficante e atirou. Mas policial já não aparecia em Alto do Oeste havia tempos (ninguém tinha reparado?).

Outros diziam que foram os seguranças armados que passaram a trabalhar para os comerciantes depois da onda de assaltos. Talvez acharam que ele fosse assaltante, que a bicicleta era para fugir, atiraram porque era trabalho deles.

Disseram também que viram, foi discussão na frente do ginásio, por um motivo idiota qualquer. O placar do jogo ou o beijo de alguma guria. Escalou para pancadaria. Ele teria se virado para ir embora depois da briga, sem saber que o outro lado estava armado e não tinha medo de atirar, ainda mais pelas costas. Quem dizia isso só podia estar confundindo Graciano com Lúcio, não era esse o irmão que se metia em briga na rua.

Uma versão mais ridícula do que a outra. Ridículas porque tentavam colocar lógica onde não cabia lógica. Que razão poderia haver no meu irmão morrendo afogado no próprio sangue, porque um tiro atravessou o pulmão, deixando um buraco vazando no meio do peito?

Não, nada daquilo fazia sentido.

Por isso ainda é tão doloroso. Se a bala fosse destinada a ele, menos mal. Porque eu teria perdido o irmão, mas em compensação teria de volta alguma resposta. Isso por causa disso. Uma explicação que fosse. Em vez disso, uma bala que o atingiu por engano, totalmente por acaso, sem ele ter culpa de nada, sem ele ter feito qualquer coisa para causar aquilo.

Não há nada que possamos fazer contra esse tipo de acaso. Isso que me deixa com tanta raiva. Ele não poderia ter feito nada, a não ser aceitar o fim, como o resto de nós, só esperando o momento da nossa casa afundar.

Da porta do cemitério dava para ver as pessoas se abraçando. O pastor orando com a mão na cabeça da vó. Vizinhos conversando com a voz cheia de raiva, porque podia ter sido o filho deles, a situação na cidade tinha chegado ao limite, alguém precisava fazer alguma coisa para parar aqueles bandidos. Parecia um sonho.

Não fazia sentido toda aquela cerimônia para enterrar Graciano, se em breve o cemitério também seria engolido. O corpo do meu irmão debaixo d'água. Pelo menos assim vou poder contar a verdade: meu irmão morreu afogado. Faz mais sentido.

57.

A FEIRA DA CIDADE FOI PARA KÊNIA UM POSTO DE OBSERVAÇÃO. DETESTAVA trabalhar com a mãe, mas era uma oportunidade de observar as pessoas, entender as histórias que tomavam forma para além das paredes do colégio. As fofocas valiam o esforço.

Quanto menor foi ficando a cidade, mais força a feira ganhou; o supermercado virou um espaço de artigos de luxo, todos aqueles enlatados, industrializados e carnes embaladas em plástico, tudo vindo de além-lago e portanto inflacionado, guardado por seguranças armados na porta. Por outro lado, a feira nasceu como um espaço caótico, tendas improvisadas, produtos oferecidos pelos próprios moradores, calor, gritaria, trocas, gente circulando.

No depoimento, todos contaram que frequentavam o lugar, embora o descrevessem de formas bem diferentes. Uma bagunça, o cheiro desagradável, os preços que seguiam a lógica do humor de cada feirante — contavam uns. A variedade de produtos acessíveis, esbarrar com todos os conhecidos, poder ganhar uns trocados — diziam outros.

As sensações e memórias pareciam desencontradas e barulhentas como a própria feira, onde alguns moradores vendiam hortaliças cultivadas em quintais, outros expunham, na calçada, móveis e objetos abandonados pelos ex-moradores, ao lado de uma banca de CDs piratas; a barraca de peixes, frescos porque pescados do próprio lago, competia com a de rãs, que além de vender o bicho limpo, cortado ou desossado a gosto do freguês também oferecia a iguaria assada no espeto; o churrasquinho de carne de capivara tinha boa demanda, e o pão de queijo de Dona Dinorá, embora mais caro do que em outros tempos, ainda fazia sucesso.

Kênia se lembrava de Tainara aparecer de vez em quando, de ficar para que batessem papo, sobretudo enquanto a mãe precisava deixar a banquinha aos seus cuidados.

"A gente podia estar em casa, ouvindo música", Kênia reclamava.

"Não podia nada, tenho que levar as compras pra minha avó", Tainara respondia.

"Por que o Lúcio não faz isso? O mais velho é que devia cuidar da casa."

"O Lúcio nem para em casa. Sabe-se lá fazendo o quê. Ele não tá nem aí, Kênia."

"Mais tarde a gente podia nadar."

"Não sei se posso, preciso voltar e fazer o jantar."

De onde estavam, conseguiam ver Tiago chegar com um balde de rãs sobre os ombros, no meio do povo. Ele colocava o balde no chão, conversava com o dono da barraca, o homem pesava o balde, contava dinheiro, entregava para Tiago.

"Tenho que ir", Tainara dizia, como se seu tempo de conversa com Kênia fosse calculado para se esgotar quando o namorado chegava. A amiga tinha dificuldade de definir aquilo como namoro, não tinha certeza se ter alguém para beijar e aproveitar a companhia era o suficiente para que se considerassem namorados; de qualquer forma, Kênia não gostava daquilo.

"Tudo bem. A gente se vê na segunda, então", ela respondia, como se não se importasse.

"Não vai esquecer o livro de História de novo."

"Não vou." Kênia pegou um pão de queijo do tabuleiro e estendeu para a amiga. "Leva um."

"Acabou meu dinheiro", ela admitia, sem graça.

"Besteira, por conta da casa."

"Vai se enrolar com sua mãe, doida!"

"Vou nada. Leva logo e para de encher."

Kênia via muita coisa da banquinha de Dona Dinorá na feira. Via os colegas de turma, sem uniforme e de chinelos, acompanhados da mãe, do pai, ou sozinhos, batendo perna, em busca de algo que os tirasse do tédio; via os olhares proibidos que se cruzavam, as hostilidades pausadas porque não havia para onde fugir, o desespero contido de quem estava sem opções; via os malandros perambulando entre os fregueses, alguns com a promessa secreta de produtos que não podiam ser encontrados nas outras barracas;

via Tainara beijar Tiago, sumirem entre as lonas e entre os corpos que se espremiam e entre os gritos de ofertas imperdíveis, enquanto dividiam um pão de queijo.

Dentro daquela moldura, Kênia via os dias se passarem e as pessoas seguirem suas rotinas, como se fingissem que nada tinha mudado, como se ignorassem que a distância entre elas aumentava. Continentes também pareciam estar no mesmo lugar, quando, na verdade, afastavam-se devagar.

58.

O BARULHO ERA UMA PEQUENA FORMA DE REBELDIA CONTRA AS TARDES TODAS iguais. Fechadas num quarto fedendo a fumaça, com System of a Down tocando em alto volume, as duas pintavam o cabelo de azul, sem saber se daria certo, apesar de Clarissa jurar que sim.

"O que custava ela ter assinado meu nome na lista de presença? Tive que levar esporro de graça." Clarissa molhou o pincel numa tigela cheirando a amônia e passou numa parte do cabelo de Kênia, todo melecado entre dois pedaços de papel-alumínio.

A tinta ardia e coçava de um jeito que Kênia agradeceu por ter decidido pintar apenas uma mecha, enquanto Clarissa, de touca, esperava a tinta agir sobre o cabelo inteiro. Se ardia, ela disfarçava muito bem, porque não parava de falar.

"Como se fizesse muita diferença no grande esquema das coisas, sabe. No final das contas, colégio só serve para criar trabalhador braçal. Padronizar todo mundo para pensar do mesmo jeito."

"Quanto tempo tenho que ficar com isso na cabeça?" Clarissa mal tinha fechado o papelote e Kênia já estava aflita.

"Meia hora, mais ou menos", ela disse. "Pra você ver como colégio é uma mentira: naquele trabalho de Geografia, escrevi que a vegetação típica do Cerrado era composta por árvores esparsas, arbustos e pentelho. Ainda enfiei mais uns dois palavrões no meio do texto e a professora não achou nenhum! Tirei oito."

"Caô!"

"Tô dizendo."

Na época, não ocorreu a elas que uma professora com quintal alagado e salário atrasado pudesse não ter entre suas prioridades encontrar pegadinhas deixadas por alunos; mas a prioridade das garotas, naquele momento, era aumentar o volume do som, deitar-se com as pernas para cima, falar mal do sistema e acender um cigarro que Clarissa tinha escondido dentro de um tênis.

Kênia gostava de como Clarissa parecia tão poderosa diante da vida, feito personagem de história em quadrinhos. Nada aconteceria a ela, ainda que ela andasse fora da linha e cruzasse territórios proibidos; ela era legal demais para as leis. Era isso que Rebeca e as outras garotas tinham visto nela? Talvez. Ali, Kênia conseguiu sentir o impacto dessa aura mágica que a nova amiga exalava, como um campo de força que não deixava nada de ruim acontecer ao seu redor. A sensação inexplicável e idiota de que perto dela tudo ficaria bem Kênia não sabia dizer de onde vinha.

Clarissa era linda, Kênia se deu conta, ainda que com uma touca de plástico na cabeça e a testa manchada de azul.

"Não acredito que você e a Tainara nunca?" Clarissa se interrompeu para soltar um trago.

"Tainara é certinha demais", Kênia disse na sua vez de pôr o cigarro na boca.

Claro, ainda se viam no colégio, trocavam cumprimentos e olhares, vez por outra faziam tarefas juntas, mas havia uma distância invisível entre elas; que difícil continuarem as mesmas se Tainara aproveitava seu tempo livre para ficar com o namorado. *Logo ele vai perder a graça.*

Eram irmãs, para Kênia isso não tinha mudado; mas ela se lembrava da vez que tentou cobrar mais presença e Tainara explicou que irmãs não precisavam andar juntas o tempo inteiro. "Você não tem irmãos de verdade, então não tem como saber", Tainara dissera, "mas é assim que funciona."

"Ela não combina com você", Clarissa concluiu, olhando no relógio e vendo que estava na hora de lavar a tintura. "Muito menos agora que você vai ter um cabelo foda."

Clarissa puxou Kênia para o banheiro e tirou as roupas pelo caminho, já pelada quando abriu o chuveiro. Kênia ficou sem graça, sem saber se deveria esperar ou não, mas a amiga disse vem logo, como quem diz o que está esperando, não tenho nada que você não tenha. Tirou a touca, deu uma boa coçada no couro cabeludo ardido, e o azul escorria em filetes pelo seu rosto, descendo pelos peitos e coxas como o desenho de um rio; ela retirou o papel-alumínio da cabeça de Kênia e constatou, com um sorriso, que a tinta tinha pegado, sim, daria certo.

    O shampoo escorreu para as mãos de Kênia, abertas em concha, e ela as levou para a cabeça de Clarissa; esfregou os cabelos dela até a espuma ficar azul e perceber que era estranha aquela vontade, mas já era tarde para pensar a respeito, porque já tinha puxado a amiga pela cintura quando ela de repente se virou e o beijo estava dado. O gosto do shampoo misturado ao de saliva seria difícil de esquecer.

    Clarissa ficou surpresa, de início, mas devolveu o beijo e avançou, exploradora de terras desconhecidas. Riu quando terminaram, mas só porque Kênia estava com a cara toda suja. Clarissa terminou de lavar o cabelo de Kênia antes de desligar o chuveiro, sair do banheiro sem se preocupar com a toalha e levar para o quarto a menina que vestia apenas um olho mágico no meio do peito.

59.

"Lúcio!" Achei estranho quando ouvi a voz de Kênia gritando lá fora, mas não foi meu nome que ela chamou.

Abri o portão e ela estava com a Clarissa, as duas conversando na calçada. Ela reagiu como se tivesse batido no endereço errado, como se não esperasse me ver ali. O que ela esperava? Eu até podia passar as tardes com o Tiago, mas eu ainda morava ali.

Trocamos uma ideia rápida, muito porque faltava assunto e também porque eu não ia com a cara da Clarissa. Que eu me lembrasse, muito menos a Kênia. O que eu tinha perdido?

Lúcio veio lá de dentro com a cara amassada (estava cochilando no sofá) e me afastou para o lado para falar com as visitas. Trocaram cumprimentos como se fossem íntimos. Ninguém achava aquilo estranho? Do jeito que me olhavam, parecia que eu é que estava fora de lugar naquela cena.

Kênia tinha ido buscar um negócio com o Lúcio. Nem lembro mais o quê, porque não acreditei. Eu sabia que ela podia ser bem mentirosa.

Lúcio saiu com as duas, Kênia ainda tentou dizer que depois passava em casa para falar comigo. Aposto que só para parecer simpática. Eu logo disse que ia subir para Alto do Oeste para ver o Tiago. Quis parecer ocupada. Só esperei um pouco e fiquei olhando pela fresta do portão em qual rua eles iam virar.

Abri o portão com muito cuidado e segui no rastro deles, feito a detetive que sempre quis ser. Cheguei na esquina e fiquei encostada no muro. Consegui ver os três parados perto de um carro abandonado. Era comum ver carros abandonados na rua, com pneus baixos de tão vazios, lataria toda descascada.

Lúcio entrou metade do corpo. Mexeu no banco da frente. Tirou alguma coisa de lá, não consegui ver o quê. Quando entregou para as meninas, vi que era um pacote de cigarros. Clarissa contou dinheiro, Kênia completou com umas moedas. A raiva que senti. Meu irmão vendendo coisa roubada! Estava metido com assaltos também?

Meu coração parecia querer escapar pela garganta, mas engoli de volta para o peito. Eu queria me meter no meio dos três, gritar, apontar dedos, jogar alguma coisa na cabeça do Lúcio! Em vez disso, voltei correndo para casa.

Burro. Imbecil. Burro, burro, burro. Servi um copo de água na cozinha, bebi tremendo.

Lúcio estranhou quando voltou e me viu em casa. "Tu não ia ver teu namoradinho?" Abriu a geladeira como se não tivesse feito nada de errado, procurou a jarra de suco como se tivesse a consciência limpa, coçou a barriga como se fosse inocente.

Não consegui responder nada. Ficou tudo vermelho. Terminei de beber, coloquei o copo na pia, com mais força do que deveria. Quebrou. Um caco furou meu dedo, xinguei um palavrão. A vó gritou preocupada lá do quarto (ela não saía muito de lá, desde o enterro). Gritei que estava tudo bem, um copo tinha escorregado da minha mão, só isso.

Lúcio veio com um pano de prato para apertar meu dedo. Não entendeu nada quando eu comecei a chorar, quando disse que sabia o que ele tinha feito. "Você virou traficante!" Ele se assustou, mandou eu falar baixo. Mas adiantava se preocupar que minha avó não ouvisse?

Estava explicado como Lúcio conseguia ser tão popular. Aquele entra e sai de gente. As vozes gritando Lúcio do portão. Os sumiços repentinos. Quer dizer, não era uma surpresa que Lúcio não fosse um cara exemplar. Desde antes de chegarmos aqui, ele sempre foi o filho problema. Não só pelas notas baixas. Era difícil de lidar em casa, briguento na rua. Chegava todo machucado, feito vira-lata sem dono que saía para disputar território. Não duvido que ele tenha sido um dos motivos para minha mãe desistir da gente.

Lúcio enfiou minha mão debaixo da torneira, mas o sangue não descia mais. Enquanto me segurava, explicou que não mexia com droga, que não era nada do que eu estava pensando (as palavras favoritas de quem tem culpa). Eu não queria saber. Se vendia coisa roubada, ele era um maloqueiro do mesmo jeito.

"Olha aqui, garota." Ele soltou meu dedo e chegou bem perto, como se quisesse garantir que eu me lembrasse de cada palavra. "As paradas que vendo é pra ajudar aqui em casa. Colocar comida na mesa. Pagar as contas para você terminar a merda do colégio sem precisar parar pra trabalhar."

Irmão mais velho e suas obrigações. O problema era que Lúcio conseguia distorcer até isso. Fiquei brava, respondi que ele não precisava fazer aquilo por mim. "Eu quero que você pare!" Eu também queria que ele se lembrasse dessas palavras.

Lúcio disse que não tinha escolha. Que nunca tivemos escolha. Que Graciano também trabalhava porque não tinha escolha.

Eu achava que a gente tinha, sim. Sempre dá para escolher. Ou ele queria o mesmo fim de Graciano? Queria levar um tiro e morrer sozinho? Eu não queria enterrar mais um irmão, eu não queria que a história se repetisse. Nem sei se cheguei a falar tudo isso, porque desabei e comecei a chorar escondendo o rosto com as mãos.

Lúcio parecia não saber o que fazer. Por um tempo, senti só o silêncio dele. Depois, senti os braços em volta de mim e minha cabeça afundou no peito dele. Que estranho aquele abraço. Talvez porque ninguém tenha nos ensinado a fazer isso.

60.

ESTAVAM TÃO POUCOS ALUNOS QUE CABIAM TODOS NO AUDITÓRIO, ONDE Érica anunciou qual seria o trabalho final daquele ano, para todas as turmas.

Ninguém gostava da ideia de uma Feira de Ciências numa cidade vazia e alagada, mas o que fazer, se pelo menos metade dos alunos ali precisava de pontos extras para não repetir de ano?

Somente um tema poderia unir todo o colégio, mas era justamente aquele do qual todos fugiam: Alto do Oeste.

A ideia era construírem uma maquete fiel à cidade. Quem não quisesse participar do grupo precisaria entregar um trabalho escrito sobre memórias. Seria exposto na feira, encadernado como um livro.

"Quarenta páginas, professora? Não pode ser dez?" Sempre tinha alguém para questionar.

"Não entendi, é para escrever que tipo de memórias?" Outra aluna levantou a mão.

Acabava o ano, mas não acabava a paciência de Érica para responder às mesmas dúvidas quantas vezes elas surgissem, e anotava as explicações no quadro, na esperança de que não precisassem perguntar novamente.

A maioria ficou mais animada com a ideia de construir a maquete, até perceber o trabalho que daria. O grupo que se reunia no auditório com placas de isopor, caixas de papelão, tintas e tubos de cola, no decorrer do tempo, dissolveu-se; uns acharam mais vantajoso sentar e escrever, outros desistiram de vez da Feira de Ciências.

Ficaram os mais desesperados para fugir da recuperação, como Kênia, que trabalhava e reclamava, mais ranzinza do que nunca. Não tinha mais Clarissa para fumar e falar mal daquela merda toda, porque a desgraçada tinha ido embora como tantos outros, para um lugar melhor. Mais uma vez, Kênia havia sido trocada, deixada para trás, sem direito sequer a escolher qual parte da maquete faria. Detestou as construções que o líder do grupo a encarregou de fazer; teria achado mais interessante montar a praça. Bastaria colar umas árvores, fazer uns banquinhos com palitos e pronto.

O colégio havia encolhido como se estudassem dentro da réplica que construíam; ainda assim, continuava grande o suficiente para Tainara evitar Kênia em todas as oportunidades possíveis, como fazia desde a fatídica festa. Kênia a viu algumas vezes na porta do auditório, despedindo-se de Tiago; mas só o namorado entrava.

O talento de Tiago foi útil no momento de fazer os esboços, e depois para pintar as fachadas e placas da cidadezinha. Alguns colegas pediram para que ele pichasse os portões de suas minicasas. Para ficar mais realista, diziam.

Tiago concordava, ajudava os colegas e ria das brincadeiras, mas a Kênia reservava poucas palavras e olhares hostis. Ela já tinha desistido de ter amigos naquela merda de cidade, não faria diferença. Faziam-se invisíveis um para o outro.

Houve uma discussão sobre bonequinhos, ela lembrou.

Alguém havia levado um saco cheio de bonecos de plástico minúsculos, que cabiam na palma da mão. Não tinham rosto nem roupas; vinham pintados de uma cor só. Cor de gente pelada.

Todo mundo gostava da ideia de colocar personagens na maquete, alguns porque queriam se ver dentro daquele cenário. Que graça teria uma cidade vazia? Primeiros dias do trabalho em grupo e Kênia já foi contra.

"Vai dar muito trabalho pintar roupa nesses coitados", ela questionou.

"Mas essa cidade vai ficar muito sem graça sem gente", uma garota observou.

"Ótimo, assim vai ficar realista", Kênia respondeu.

"Acho que ela está com preguiça", Tiago provocou, sem tirar os olhos da caixa que cortava.

"Não é preguiça, é bom senso", ela devolveu. "Ninguém está pensando na porcaria da proporção. Para colocar os bonecos, vamos ter que fazer uma maquete ainda maior. A não ser que a gente presuma que em Alto do Oeste vivem pessoas de três metros de altura."

Os dois ficaram se encarando em silêncio, enquanto ao redor os colegas discutiam. Em algo Kênia tinha razão, afinal, e o que todos mais queriam era terminar o trabalho logo.

Tinha o fator menor esforço, claro, mas Kênia também preferia a ideia de uma cidade vazia, um colégio sem a interferência caótica dos alunos, a praça sem a presença irritante de pessoas conversando, as salas de aula sem ninguém para dar ordens ou risadinhas. Uma cidade muito antes deles, ou muito depois. Vazia como no dia em que o último alto-oestino deixaria aquele lugar.

61.

A SEGUNDA MONTAGEM DA CIDADE MOBILIZOU SEIS PESSOAS. ÉRICA NÃO TINHA mais idade para fazer aquilo sozinha; pagou um trocado para uns rapazes carregarem as peças que armazenou com muito cuidado todos aqueles anos, e com firmeza orientava onde posicionar cada uma delas.

Tinha cara de jogo. Um enorme quebra-cabeça de Alto do Oeste que precisava corresponder a uma correta representação da cidade antes de afundar, e que precisavam montar no meio do pátio, a tempo da inauguração do museu.

Facundo e Kênia foram voluntários, porque não tinham muito o que fazer naquela cidade e porque sempre podiam aproveitar para filmar alguma coisa.

"A loja de tecidos vai ao lado do sacolão." Érica apontava e aproveitava a pausa para pegar fôlego.

"Não, a farmácia era virada para o outro lado." Kênia ajudava a corrigir a posição das peças. Conhecia aquele tabuleiro. Além disso, tinha construído a farmácia com as próprias mãos, havia muitos anos, usando durepox e pedaços de caixas de remédios.

Os prédios e as casas minúsculas começavam a fazer sentido juntas. As ruas pintadas com guache podiam estar desbotadas, mas estavam prontas para receber carros do tamanho de isqueiros. Com cola quente e paciência, Érica remendava postes caídos e retocava a folhagem das árvores nas calçadas.

A praça, no centro, foi montada primeiro. Ao redor dela, o restante da cidade, loja por loja, rua por rua, de maneira que, quando chegaram às bordas, só alcançavam a praça e a igreja com o olhar.

Naquela maquete, o lago não passava de um amontoado de celofane azul, comportado ao lado da pista, uma escala reduzida do seu tamanho original.

Quando terminaram, os três se sentaram de frente para a entradícula da cidade, onde uma microplaca dava as boas-vindas a Alto do Oeste numa letrinha feita à mão com um traço bem fino.

Érica enrolou um cigarro com a satisfação de quem sabia que faltava pouco para a inauguração do museu.

"Eu não entendia pra que entregar um trabalho final desse tamanho", Kênia disse, "se a maquete não serviria para nada depois que tudo afundasse. Foi um trabalho desgraçado e eu jurava que seria à toa."

Érica riu, porque sabia que os jovens reclamariam de qualquer trabalho que ela pedisse; nada tinha a ver com a cidade afundando, mas com o cansaço típico dos alunos do segundo e terceiro ano.

"Agora você vê que não foi em vão." Érica passou o cigarro e o gosto amargo do fumo de corda encheu a boca de Kênia. Ficou calada, talvez porque a fumaça fosse densa demais, talvez porque calculasse há quanto tempo a diretora planejava aquele museu, ou talvez porque tentasse digerir aquele estranho orgulho por ter feito um trabalho que sobreviveu tanto tempo.

"A senhora tem uma tendência fora do normal a fazer as coisas da maneira mais difícil", foi a vez de Facundo dizer.

"Juntar tralha não é tão difícil assim. O trabalhoso é organizar tudo depois."

"De qualquer forma, é um trabalho que só a senhora poderia ter feito. Todo esse resgate. Quem mais teria tanto apego ao passado?"

"Está querendo dizer que sou velha?"

"De forma alguma." Facundo ficou desconcertado, de repente inseguro da sua capacidade de falar português. "Quis dizer porque a senhora é professora de História."

"Não precisa ficar vermelho." Érica soprou a fumaça com uma gargalhada seca. "Não acho que seja apego ao passado. Memórias pertencem ao futuro. É para lá que estou olhando quando faço esse trabalho todo, Facundo. Só se conta histórias para a frente."

62.

A pergunta que mais se repetia aqueles dias era "Você vai na resenha?".

Eu já estava estranhando todo mundo falando de resenha pra cá, resenha pra lá, até entender que não tinha nada a ver com a aula de Português. Fazia muito mais sentido que estivessem preocupados com uma festa, porque desde que a praça sumiu e o ginásio alagou, esse tipo de festa também parou de acontecer. Mas se o assunto tinha voltado, significava que tinham achado um novo lugar.

Não estava nos meus planos ir, mas Tiago estava animado (os amigos estariam lá). Concordei de irmos juntos, mas só porque ele insistiu e disse para eu deixar de ser CDF só um pouquinho. Eu nunca tinha ido numa resenha! Estava com medo de ficar muito perdida.

Quando chegamos, vi que não era tão de outro mundo. Encontrei tanta gente conhecida, do colégio ou das ruas, que parecia até um grande intervalo. Só que à noite. Numa casa abandonada. Com música alta. E bebida.

Alguém me entregou um copo de plástico, eu bebi e descobri o gosto da cerveja. Não entendi a graça, mas eu já tinha provado coisas horríveis antes, então tudo bem dar uns golinhos. Talvez eu não devesse ter aceito, porque logo senti uma moleza estranha. Senti que não conseguia controlar as palavras e que tudo acontecia de um jeito meio pastoso, como se eu estivesse em um sonho.

Dançamos um pouco no quintal, até que Tiago me puxou para dentro da casa. Atravessamos uma correnteza de gente até que demos de cara com o Lúcio e a turma dele. Formavam uma muralha no meio da sala. Soltei a mão de Tiago, congelei, eu não esperava ver meu irmão ali.

Lúcio me olhou, eu encarei de volta, ele olhou para o Tiago. Fiquei esperando confusão, briga, ou meu irmão encrenar com ele. Mas ele só disse "Fala, Moleque Doido Cabuloso" e se cumprimentaram com firmeza, aquele aperto de mão que faz até barulho. Trocaram uma ideia rápida e eu ali, feito uma idiota, sem entender de onde se conheciam.

    O milagre que era Lúcio não ter feito caso daquilo. Foi uma permissão ou uma trégua?

    Eu nem via como o copo aparecia cheio de novo na minha mão. Quando Tiago parou para conversar com uns amigos sentados na pia da cozinha, segui até os fundos da casa, onde umas meninas dançavam. Elas usavam calças apertadas e desciam até o chão. Pareciam ímãs de olhares. Todo mundo ali tentava chamar a atenção de alguma forma, e eu só queria ser o mais invisível possível. Gosto mais de observar.

    Algumas músicas depois, copo novo na mão, flutuei de volta até o quintal. Estava curiosa com a empolgação de uns garotos. Urravam, animados. Então eu vi, mesmo com pouca luz, duas garotas sentadas num sofá velho, quase engolindo uma a outra.

    Uma tinha o cabelo azul, a outra, eu tinha certeza, era Kênia.

    Minha mão (num reflexo) buscou a alça da minha blusa, para ter certeza de que ainda estava ali (estava). Então de onde vinha aquele sentimento de estar exposta? Senti vergonha, mas foi pela Kênia. Os garotos ao redor riam, outros cochichavam, alguns gritavam, todos pareciam animados. Até que Clarissa levantou, atravessou o quintal e pediu um cigarro para um cara.

    Aproveitei para me aproximar. Chamei Kênia para vir comigo, mas eu não sabia para onde. Quando vi, a gente estava na calçada. Ali pelo menos dava para conversar sem competir com o volume da música.

    Lembro do sorriso bobo de Kênia, aquele sorriso de quem estava surpresa em me ver. Perguntou o que tinha dado em mim para eu vir numa festa, mas eu, muito séria, devolvi: "Não, o que deu em VOCÊ?"

    Vagabunda. Puta. Falada. Eu não tenho certeza do que falei, só lembro que essas palavras giravam em carrossel na minha cabeça. Eu queria ter dito para ela tomar cuidado, que aquilo não era jeito de se portar, que só tinha idiota ali, que aquela garota também não prestava, que ela podia se arrepender.

"Valeu pelo conselho, mãe." E, quando ela disse isso, vi nela um desprezo que era novo para mim.

Eu já não reconhecia Kênia. Aqueles cigarros idiotas, o cabelo ridículo, os jeans rasgados, o jeito como andava colada com a Clarissa. Chamar tanta atenção não podia dar em algo bom. Eu só queria entender por que ela estava tentando se tornar a porcaria de um alvo.

Acho que eu disse para ela não beijar a Clarissa na frente de todo mundo, mas as palavras saíram trocadas. Talvez eu tenha esquecido algumas. Eu disse isso porque a gente tinha prometido se proteger, disse porque eu me preocupava. Mas a reação veio em outro sentido e ela me empurrou. O resto da cerveja que eu segurava caiu no chão.

"Vai lá ficar com aquele fracassado e não me enche o saco!", ela gritou, e mandei ela calar a boca, porque de repente percebi que a gente tinha plateia. Aqueles idiotas pareciam gostar mais de mulher brigando do que se beijando.

Kênia gritava "Cala a boca você, sua bêbada! Tá passando vergonha!" e eu queria bater nela. Eu sabia dar socos (graças a ela) e não tinha medo. Eu também sabia apanhar, mas não estava preparada para levar murros em forma de palavras daquele jeito. Eu só queria que ela se acalmasse, mas ela continuava gritando, xingando e chamando toda a atenção da festa para fora da casa.

Por que ela estava fazendo aquilo comigo? Acho que chorei, não lembro.

Foi quando ela disse o que mais doeu: "Para de tentar ser sempre a vítima. Como se ter um irmão morto fizesse você ter razão!"

Foi o tempo de Tiago chegar e empurrar Kênia, mas fui eu que caí para trás.

Tudo aconteceu mais ou menos ao mesmo tempo, rápido e devagar, meio fora de ordem.

Kênia disse aquilo e pareceu perceber, na mesma hora, que não tinha mais volta. Tiago segurou Kênia pelo braço, apontou o dedo na cara dela. Um pessoal veio separar, puxou Tiago. Vaiaram. Veio um silêncio, aquele som de momentos sérios. Kênia arrancou do pescoço o olho mágico, jogou no chão, na minha frente. Ela deu as costas e subiu a rua sozinha, para nunca mais me olhar na cara.

Acabou. Estava acabado, não tinha mais jeito.

Ainda bem que caiu um dilúvio no dia seguinte. Pude ficar em casa, sozinha, pensando em quantas coisas eu ainda perderia até a água chegar aqui.

63.

Pescar rãs era um trabalho difícil. Pulavam alto quando Tiago se aproximava, desapareciam no escuro da água pantanosa, escorregavam para longe do alcance de suas mãos. Precisou desenvolver uma técnica, precisou trabalhar sua paciência.

Primeiro não se importar com a bermuda que se molhava, ou com a possibilidade de cair no pântano e se molhar inteiro. Não se importar com a textura lisa e pegajosa da sua caça, nem com o tempo que passava e seu balde ainda vazio. Não dava para ganhar todos os dias; quando a pescaria ia mal, ele entendia como um sinal de que as rãs ainda precisavam crescer e engordar, porque as gordas eram lentas, mais fáceis de pegar e mais valiosas.

Tiago era um caçador independente. Ele poderia se juntar aos pescadores do lago ou aos garotos que juntos emboscavam capivaras e dividiam um pagamento maior; mas preferia trabalhar sozinho, ele e as rãs, sem precisar se desgastar com as consequências da falta de atenção dos outros.

Olhos e ouvidos tão atentos que até entrava em transe. As mãos apenas seguiam o fluxo.

Todas as habilidades que usaria como artista muito tempo depois começou a desenvolver ali, caçando rãs, molhado num pântano, insistindo na repetição. O pântano, assim como os muros, era uma espécie de limiar entre mundos que ele teimava em desafiar.

Jogou duas rãs no balde, enquanto considerava se conseguiria algo mais aquele dia. Ficou um bom tempo olhando para as coitadas que se desesperavam, fracas e cansadas, gordas e lentas, dentro do balde. Por algum motivo, não se preocupou em tampá-lo, em fazer qualquer movimento para impedir que a caça escapasse. Desesperadas, as rãs que tentavam pular só empurravam as outras mais para baixo; estas, quando se mexiam com aquelas costas lisas, faziam as de cima escorregarem, sem firmeza para pulos mais altos.

"Foi quando eu entendi", Tiago contou para Kênia e Facundo. "O desespero de sair só as afundava mais. Igual a gente, igual ao que acontecia aqui."

Facundo tinha cinco perguntas que repetia a todos os entrevistados. Por que voltou? Como chegou a Alto do Oeste? Como era a cidade antes de afundar? Como a cidade afundou?

"Como você foi embora?" Essa era a última pergunta, e Tiago precisou voltar ao pântano das memórias para respondê-la. As rãs, ridículas. A fuga impossível de um balde nem tão fundo assim. Suas pernas enfiadas na água até a altura do joelho.

"Eu não aceitava o final de *Titanic*", Tiago disse, aquele sorriso gigante. "Aquela história de só um poder se salvar. Mas, porra, cabiam dois naquela tábua!"

Atrás dele, a parede rabiscada com um desenho que, quase completo, contava a história dos feirantes na cidade. Das barracas pintadas de azul saltavam rãs que se desfaziam no ar.

"Mas no final o filme estava certo", ele continuou. "Minha mãe estava certa. Eu teimava, não queria ir. Tinha minha galera, a Tainara. Mas olha que merda de trabalho eu tinha pra conseguir uns trocados. Minha mãe estava certa, a gente precisava sair. Na capital eu teria mais chances. Seria mais difícil, eu precisaria trabalhar, mas eu teria alguma chance. Quando vi as rãs no balde, percebi. As pessoas daquela cidade iam me empurrar cada vez mais pra baixo, tá ligada? Não dava pra esperar por ninguém ali. Às vezes a gente só pode salvar a si mesmo."

64.

Kênia teve que subir a barra do short para chegar até o orelhão mais próximo, perto da farmácia. Deixou os chinelos na borda seca da calçada e meteu as pernas dentro da água. Estava cansada de viver feito uma anfíbia, cansada de tentar se encaixar num lugar que apenas encolhia, cansada das pessoas que continuava a ver por ali, irritada com as que conseguiam sair antes dela.

Tirou o telefone do gancho e não sabia se ouvir o *tuuu* do sinal a deixava nervosa ou aliviada por saber que conseguiria fazer a ligação. Tinha nas mãos um pedaço de papel com um número anotado, prefixo de Entrepassos. Não tinha cartão. Ligou a cobrar.

Chamou uma, chamou duas vezes. Kênia estava cansada de esperar. O ano que não terminava nunca, o lago que não enchia de uma vez, a mãe que demorava a tomar uma atitude para saírem, porque sempre tinha muito trabalho a fazer, porque sempre precisaria de mais dinheiro.

Segurou a raiva no estômago quando veio uma voz de mulher do outro lado. Kênia disse de uma vez que queria falar com Raimundo, a outra perguntou quem era. "A filha dele."

Enrolou o cabo do telefone nos pulsos, talvez o único que pudesse puxá-la dali.

O lado de dentro do orelhão parecia uma gruta. Kênia ouvia o silêncio do outro lado da linha enquanto observava as paredes rugosas, cheias de rabiscos. Reconheceu pichações de gente que tinha ido embora havia muito tempo e sentiu que eram vestígios deixados por fantasmas. Olhou para cima e achou, em azul, um rabisco com os nomes *Rebeca e Clarissa para sempre*, tão antigo e fora de lugar que Kênia riu. Calculou quanto tempo demoraria para aqueles registros se afogarem. Calculou se o pai demoraria tanto a atender que ela mesma estaria presa ao orelhão, com água até o pescoço, debaixo de chuva que não acabava mais.

"Quem é?" Ele finalmente atendeu, desconfiado ou preocupado.

"É a Kênia, pai."

"Tudo bem? Tá precisando de alguma coisa?"

"Eu quero sair daqui." Ela foi direto ao ponto, como foi ensinada a fazer numa ligação a cobrar.

Não planejava chorar, mas não era mesmo uma garota de muitos planos, além de ir embora de Alto do Oeste. Estava disposta a pagar o preço de deixar algo para trás. Engolir a raiva, exagerar no drama, fingir que preferia morar com o pai quando, na verdade, tinha entendido que suas chances de ir mais longe seriam maiores se fosse com ele.

Da casa que morou por dois anos com o pai e a madrasta em Entrepassos, Kênia não falou. Porque não conseguia, porque preferia esquecer, ou talvez porque não tivesse restado imagem alguma do lugar em sua memória, nem em forma de cheiros, ou dos trajetos entre os cômodos, ou da sensação de ver a luz batendo no vidro da janela em um ângulo bem particular que só fazia às cinco da tarde.

Em que momento Kênia começou a prestar tanta atenção em paisagens?

"Sonhei muito tempo com essa cidade, Facundo", ela disse. "Sabe, aqueles sonhos recorrentes? Como se eu ainda estivesse presa. Eu acordava e lembrava que não, tudo tinha afundado, estava acabado. Mas nos meus sonhos eu podia andar pela cidade como naquela época, tudo bem real."

Cada parede, cada pichação, as ladeiras. O colégio idêntico, cada grade, as carteiras, a luz do pátio. Kênia andava pelos corredores, atrasada para alguma aula, até descobrir que não tinha ninguém no colégio, que ela não tinha mais idade para estar ali, que estava mergulhando numa água turva e a única saída era pela janela de uma sala de aula submersa.

Sua mente tinha gravado toda a arquitetura de Alto do Oeste num nível profundo da sua mente, como um xingamento cravado com estilete no Muro das Ofensas, ou como uma tatuagem.

"Eu fui embora, mas não por inteiro", Kênia admitiu. "Continuei nessa cidade, de alguma forma. Indo de lá pra cá com a água até a cintura."

"Bem que a Érica disse", Facundo lembrou. "Você veio porque deixou algo aqui."

"Alto do Oeste reapareceu", ela disse devagar, como se esperasse que as palavras se arranjassem na sua cabeça na ordem certa. "Mas aqui percebi que a cidade onde vivi não existe mais, nunca vai voltar nem acontecer de novo, ela é impossível."

"Não foi o que você esperava encontrar", Facundo arriscou.

"Quer saber? Acho que foi libertador." Kênia inclinou-se para a frente, seu rosto saiu levemente de foco. "Porque agora posso seguir e fazer o que tenho que fazer. Então, se você não tiver mais nenhuma pergunta cabeluda, prefiro voltar para o meu lugar." Kênia apontou para a câmera; não aguentava mais ocupar a cadeira de entrevistada.

"É, acho que temos", Facundo respondeu, antes de Kênia se levantar e interromper a gravação.

65.

Eu soube que não seria um dia qualquer quando cheguei no colégio e vi Tiago sentado sozinho num banco do pavilhão de baixo.

Ninguém mais usava aquele pavilhão. Alagou. A água tinha a altura de uma piscina rasa. Mas eram tão poucos alunos que as aulas cabiam todas no pavilhão de cima. Lá, as escadas nos protegiam da água que avançava pelo pátio. Não dá mais para entrar no colégio sem molhar os pés.

Sentei do lado dele, ele sorriu e me beijou, mas eu sabia que tinha algo errado. Tiago disse que não via sentido em continuarmos indo para o colégio. Ainda mais eu, que já tinha nota para passar de ano. Mas eu achava que a gente tinha que ir, pelo menos até a Feira de Ciências. Só faltava isso para a gente se livrar de vez do CEAN.

"E aí? O que você vai fazer depois?", ele perguntou. Bati os pés na água, balancei os ombros como um jeito prático de dizer "Tanto faz", mas, na verdade, eu não sabia. Arrumar um trabalho? Qual? Sair dali? Como?

Eu não tinha um plano. Ele parecia ter, mas estava com medo de contar. De um jeito ou de outro, eu ia saber. Então Tiago me contou que talvez não ficasse para a Feira de Ciências: "Minha mãe arrumou um lugar pra gente na capital." Seria de favor, por um tempo, até arrumarem um lugar mais certo. Pelo menos, ela ficaria perto do trabalho. Eu não entendi por que a tristeza. Para alguém que estava saindo desse buraco, esperava que ele estivesse mais animado.

"Vou sentir sua falta", ele disse. "Você se acostuma", eu respondi.

Que droga. De um fim de namoro eu esperava palavras mais duras, alguma briga, não ele me dizendo que sentiria minha falta. Mas também se esperava que mães não abandonassem, que cidades não afundassem e que garotos não morressem de formas inexplicáveis. Eram expectativas demais para cumprir, então tudo bem que Tiago também não cumprisse aquela.

Tiago começou a falar que isso não significava que a gente estava terminando, a gente poderia falar por telefone, se encontrar de vez em quando. Mas não seria a mesma coisa. Nada mais seria a mesma coisa. "É só por um tempo. Eu volto pra te buscar." Eu estava cansada de ouvir aquela merda, mas ele insistiu, disse que estava falando sério.

Se ele realmente achava isso, então era mais idiota do que eu pensava. Eu não vou a lugar algum. As coisas não acontecem para mim feito mágica. Não é só eu esperar que vai aparecer alguém para me tirar daqui. Não é fácil como foi para Kênia, que podia ter pedido para ir embora a qualquer momento, mas me fez acreditar que nós iríamos juntas. Não é fácil como foi para ele, que tem mãe, que não está sozinho.

Tiago não concordou com nada. "Quem disse que é fácil, Tainara? Não é fácil sair tendo que deixar algo pra trás."

Ele esperava um abraço, um beijo, alguma despedida. Mas levantei nervosa e dei as costas para voltar para a sala de aula. Ouvi ele dizer: "Você não está sozinha, você sabe!" Mas nem me dei ao trabalho de responder.

Fiquei a aula inteira esperando ele entrar. Esperava que fôssemos trocar olhares esquisitos até conversarmos melhor no intervalo. Esperava fazer as pazes com um beijo. Mas Tiago não subiu o pavilhão, não entrou na sala, não apareceu mais. Tudo o que restou dele na cidade foram uns rabiscos e desenhos em muros que ainda vejo todos os dias no que restou do caminho para o colégio.

66.

"**S**UA FAMÍLIA TE CONTOU TODAS ESSAS HISTÓRIAS?" FACUNDO FICOU impressionado quando Érica falou sobre os xavantes do passado. Imaginava uma pequena Érica recebendo essas narrativas de herança, sentada no colo de uma avó que mal falava português.

"Eu pesquisei", Érica contou. "Foi tema do meu mestrado." Expectativas tinham essa mania de desapontar.

"Mas você descende dos xavantes expulsos daqui, naquela época, não?" Facundo tentava amarrar os fios que pareciam soltos; queria com muita força que tudo fizesse sentido. "O seu sobrenome."

"É simbólico", Érica explicou.

Estranho que se chamasse apenas Xavante, em vez de um nome próprio indígena. De que família vinha? De qual aldeia? Não sabia. Nem o pai. Suas origens foram arrancadas, assim como a possibilidade de um sobrenome que pudesse ser puxado feito barbante até que chegasse aos seus antepassados mais distantes. Aquele sobrenome servia para preencher um vácuo e, ao mesmo tempo, não deixar que se esquecesse de onde vinha seu sangue.

Difícil no Brasil era haver quem soubesse de qualquer nome anterior ao dos seus avós. Às vezes nem isso; às vezes nem o do pai. Era uma terra de árvores genealógicas curtas feito arbustos, de gente que brotava da terra, quase. Como mandiocas. Sem passado, sem memória, arrancadas da terra e depois aparadas com golpes duros de facão.

"De onde vem o seu?" Foi a vez de Érica apertar onde doía.

"De uma elite falida. Gente que perdeu quase tudo, menos a mania de se achar importante."

O sobrenome de Facundo o perseguia: contava a história de um garoto que veio de família rica, de boas escolas, que saiu do colegial falando três idiomas. Quem aprende francês antes dos dezoito? Passou dificuldade quando vieram os tempos de crise. Mesmo assim, Facundo tinha noção do abismo que o separava das pessoas dali. Um reverso, um oposto, inclusive pelo pai, que não tivera a decência de ser ausente. Crítico demais, presente demais, uma sombra, um totem de olhos vigilantes. O velho jamais aceitou as escolhas profissionais do filho. Também, pudera, jornalista não era exatamente a imagem de alguém bem-sucedido. O tempo todo aquela pressão para dar certo, para ser alguém, para honrar o nome da família ou qualquer coisa do tipo.

Kênia estava tão calada que ficou invisível. Anos de convivência e era a primeira vez que ouvia partes daquela história. Entendeu melhor por que Facundo preferia se meter com a vida dos outros.

"Então você veio tão longe para fugir", Érica concluiu, como se o argentino tivesse sido seu aluno, como se ela o tivesse visto crescer. Era do sobrenome que Facundo fugia, das responsabilidades que vinham com uma árvore genealógica alta como uma sequoia, da sombra de um pai gigante. Não que fosse alguma façanha adivinhar, quando Érica sabia a tendência das histórias de se repetirem.

"Não viemos todos?" Facundo só fez rir. No seu desconforto, a tentativa de retomar o controle da entrevista. "Que tal me contar sobre o *seu* pai?"

Érica estava pronta. Ou quase.

"Antes, um cigarro."

67.

Antes de se tornar o Muro das Ofensas e ser coberta de pichações, aquela parede foi o movimento repetitivo de colocar massa e assentar tijolo, um após o outro, onde antes havia um espaço vazio. As mãos de Vicente conduziam o serviço com o cuidado de quem sabia que aquilo se tornaria uma escola, embora o mestre de obras com frequência mandasse que se apressassem, ou naquele ritmo a obra não ficaria pronta no prazo.

A satisfação de erguer uma parede era de um tipo tão especial que Vicente achava que merecia uma palavra diferente para descrevê-la. Não a mesma satisfação de matar a fome depois de um dia puxado na obra, nem a mesma satisfação de se deitar com uma mulher, mas uma satisfação outra, a de dar significado à sua vida, a de se sentir capaz. Talvez já existisse uma palavra para isso e Vicente só precisasse descobri-la, como andava a descobrir tantas outras, que passaram a se revelar com nitidez ao seu redor, em placas, jornais e até nos sacos de cimento.

"Vicente Xavante. Pedreiro."

Com o mesmo cuidado de erguer paredes, Vicente escrevia seu nome no caderno, e preenchia uma folha inteira com aquela letra redonda e firme, cada vez mais íntimo do alfabeto. Nos primeiros exercícios, a professora segurou sua mão para mostrar como conduzir o lápis e explicou que se começava a escrever do topo da folha para baixo, e não de baixo para cima, como foi seu primeiro instinto diante do papel.

As paredes da escola onde estudava, diferente da que construía, eram de madeira; um barracão improvisado, com telhas sob as quais só era possível ficar sem suar durante a noite. Mesmo assim, Vicente não trocaria aquele lugar por noitadas no boteco, ou nos barracos das prostitutas, como seus companheiros de construção. Foi na turma de alfabetização para adultos que conheceu Fátima, que se tornou mais um motivo para que não faltasse.

Vicente falava pouco, não tinha muitas pessoas chegadas, mas de Fátima se aproximou. Ela vinha da Bahia, em busca de vida nova. Era uma trabalhadora e andarilha, feito ele. Namoraram. Fátima engravidou e começaram a dividir um barraco simples que com o tempo transformou-se em casa.

Provável que já estivessem juntos havia algum tempo quando Vicente resolveu contar toda sua história para a mulher, contar que Vicente Xavante não era seu nome de nascença. Talvez a história tenha surgido enquanto debruçados sobre a barriga, escolhendo nomes para a menina por vir.

Vicente nasceu numa aldeia, com outro nome. Seu mundo limitava-se ao peito da mãe, muito antes de existir palavras, e aquilo bastava. Mas ainda bebê foi arrancado daquele colo, no que parecia mais um dia comum: uma missão de homens e mulheres de Deus levavam as crianças indígenas para a cidade mais próxima. Pesar, dar remédio, fazer exames de rotina. Mas Vicente nunca voltou. A ruptura violenta nem poderia ser considerada especial, se aquela era uma história repetida à exaustão em tantas aldeias. Mães separadas dos filhos porque eram consideradas incapazes de cuidar deles. Ser indígena era confundido com ser miserável.

A pastora que levou Vicente acreditava estar salvando aquela criança da indigência. Iria para um abrigo da igreja, feito órfão, onde recebeu roupas e um nome cristão. Começou a formar seu vocabulário com as outras crianças perdidas do abrigo e com os louvores que os voluntários tocavam no violão. As primeiras palavras que ouviu eram uma mistura estranha de raiva, medo, espíritos que faziam dançar como o Rei Davi, palavrões, milagres, a bondade de um tal Jesus, a ameaça de ser punido.

As lembranças mais antigas de Vicente tinham o gosto do refrigerante que ganhava nos domingos em que ele e os irmãos de abrigo eram levados ao culto. Eram exibidos como uma obra de benfeitoria, para sensibilizar os fiéis e chamá-los para doar mais. Vicente não entendia nada disso, apenas esperava muito quieto a moça do refrigerante encher o seu copo. Fazia cócegas boas na garganta.

Frequentar a escola da igreja não tinha a mesma graça. Pediam que se sentasse direito, que fizesse coisas sem sentido, que respondesse às perguntas sem errar as palavras. Teve medo delas. Por anos, não abriu a boca. Preferia ficar calado e ganhar refrigerante. Os professores acreditavam que Vicente tivesse algum retardo, que não conseguiria aprender a ler, que estava atrasando as outras crianças, que serviria melhor a Deus praticando outras habilidades. Começou a trabalhar cedo, como era comum naqueles tempos. Aos doze, aprendeu seu ofício ajudando na construção do novo templo.

Ficou velho demais para o abrigo, embora jovem demais para viver sozinho. Tinha quinze quando enfim se viu livre da igreja e começou a trabalhar de cidade em cidade, com o que desse. Andarilhos nasciam da falta de ter para onde voltar. Morou em assentamentos temporários das obras onde trabalhava, passou dificuldade, fome, carregava pedras, capinava mato, assentava paredes, batia laje. Foi conjugando esses verbos que parou em Alto do Oeste, onde precisavam de peões para construir a sede da prefeitura. A que seria a primeira a afundar. A que continuaria submersa mesmo quando o lago devolvesse a cidade. Mas naquela época não havia vestígio disso, e sim um horizonte de possibilidades. Levantar as paredes de um colégio. Tornar-se pai. Descobrir um mundo que se desdobrava em letras. Escrever várias vezes o próprio nome até que perdesse o sentido.

O vazio talvez tenha chegado aos poucos, sem ser notado. Tinham uma vida estável, até. O colégio estava pronto, obra das suas mãos. O colégio onde a mulher começou a dar aulas, porque queria que outros adultos tivessem o mesmo prazer que ela ao aprender a ler. Alto do Oeste não oferecia mais grandes obras, mas Vicente continuou a pegar pequenos trabalhos de reformas. Pintava muros, também. Propaganda de políticos, números de candidatos a vereador. Fachadas de lojas. Anúncios de cestas de café da manhã, com letras firmes e a promessa de acolhimento. "Presenteie a mulher mais importante da sua vida! Cestas de Dia das Mães em promoção, ligue e encomende!"

A filha era habilidosa com as palavras, muito nova já reconhecia as letras. Gastava folhas e folhas riscando com giz de cera sua letra favorita. X de Xavante, tão fácil de fazer. Vicente talvez visse nelas um X de impedimento, um X de não tem nada para ver aqui, um X de tem algo errado.

Das lembranças mais antigas de Érica, vinham os momentos em que ela ia correndo mostrar ao pai algum desenho que tinha feito, alguma palavra nova que tinha aprendido a rabiscar. E ele apenas olhava calado, como se feito de pedra. Na cabeça de criança de Érica, achava que o pai tinha virado estátua.

"Seu pai está doente, minha filha", Fátima dizia. "Está doente, mas vai melhorar."

Não melhorou. As perguntas não se calavam, exceto quando Vicente buscava numa garrafa as cócegas na garganta de que se lembrava da infância. Era essa a origem que tinha para contar, não a de sua cultura e de sua gente, não a da língua que a mãe falava, não a dos cantos e costumes que significavam ser xavante. O que era ele, então? Onde se encaixava? Apenas um homem inferior, destinado a ficar com migalhas no mundo dos brancos? Sempre um outro? Sem origem, sem nome verdadeiro? Não, sua origem era o silêncio no qual mergulhou quando criança, e para o qual retornava depois de adulto. Aquele lugar escuro e silencioso onde as palavras não alcançavam.

Nem Fátima soube com exatidão quando aquele vazio devorou o marido. Não foi de uma só vez que Vicente começou a passar mais tempo no bar, deixar de trabalhar, chegar em casa sem uma palavra a dizer. O silêncio dele empesteava a casa feito uma nuvem tóxica, e Fátima já achava difícil ficar perto dele, do homem que amou por tantos anos. Jamais precisou sair de casa, no entanto.

Quando tinha seis anos, Érica viu o pai ser sepultado. Matou-se no terreno abandonado de uma obra em construção.

Aquele abandono era de uma substância tão brutal que nem Kênia soube como reagir. As paredes do colégio, de repente mais pesadas, pareciam esmagá-los com o silêncio que se fez quando Érica terminou de contar. Facundo não tinha mais o que perguntar.

"Meu fim do mundo foi há muito tempo", Érica disse. "Mesmo assim, não foi o fim. Continuo aqui. Continuamos. E o que a gente pode fazer? Ficar e lutar. A escola me ensinou isso. O final do ano letivo não encerra nada, porque no próximo ano tudo recomeça. Vocês sabem: mesmo depois da escola, tudo se repete, como uma eterna quinta série." Ela riu. "Eu demorei a entender por que não queria largar esse colégio de jeito nenhum. Porque tem algo do meu pai aqui. Da minha origem. Eu era muito nova quando entendi que a gente carrega aqui dentro a nossa própria destruição, o potencial de nos despedaçar aos poucos. Nascemos para a morte, essa é a natureza. Mas foi aqui, nesse lugar, que aprendi a construir. E é nessa construção que a gente adia o fim. Entende agora por que não consigo me aposentar?"

68.

Falta pouco para chegar nas quarenta páginas que a professora pediu. Falta pouco para a água chegar no quintal de casa.

O telhado onde eu esperava o ônibus-balsa na semana passada já desapareceu. É difícil escrever memórias que ainda estão acontecendo. Mas a professora não disse que só podia escrever sobre o passado distante. Ontem também já passou.

A cada dia que passa, sobra menos coisas sobre o que falar. Menos gente andando na rua, menos casas ocupadas, menos alunos no colégio. Aqui em casa, ficou um vazio. Boa parte do tempo, somos só eu e minha avó. Ela fica no quarto, lendo a Bíblia ou assistindo ao culto na TV, quando tem luz. Prepara nossa comida. Sai uma vez por semana para os encontros da igreja. Ajudo a cuidar da casa quando volto do colégio: lavo louça, lavo roupa, arrumo a casa, dou comida para o Filé.

Lúcio arrumou emprego perto da capital. Passa o dia fora. Para voltar para casa, passa quase duas horas no ônibus, fora a travessia do lago. Costuma chegar tarde da noite, come alguma coisa e desmorona na cama de cansado. Ele trabalha no depósito de uma loja de móveis. Tem uniforme e tudo (só assim acreditei que ele tinha mesmo arrumado emprego).

Ele me diz que estou perdendo tempo com o colégio, que já passei de ano. "Já te falei pra escrever teu currículo", ele repete, e diz que sou inteligente, que eu conseguiria emprego no escritório da loja, que ele pode arranjar uma entrevista com a chefe dele.

Lúcio soube de um quarto que podia alugar para nós dois, assim ele ficaria mais perto do trabalho. E nossa avó? Ele só me respondia que "Depois a gente volta e busca ela". Meu Deus, eu não aguento mais ouvir isso de novo e de novo. Será esse o único jeito de sair?

"Tainara, o que você está esperando?" Não entendi quando minha avó perguntou, assim que acabou de almoçar. Achei que estava me apressando para recolher os pratos, levar para a cozinha. Mas o cabeçudo do Lúcio andou conversando com ela. Falou do quarto, falou do emprego. Era só o que me faltava, até minha avó pressionando para que eu fizesse logo o currículo. Para que eu fosse embora logo.

Fiquei tão irritada que acabei gritando "Porque não vou deixar você sozinha!". Minha avó é muito orgulhosa. Respondeu no mesmo tom que não viveu 89 anos para precisar de babá agora. Eu ainda estava brava quando disse "Quero só ver cuidar dessa casa sem minha ajuda" e joguei os talheres na pia. Admito que passei do ponto. Ela não criou a gente para responder os mais velhos desse jeito.

Eu já estava esperando o sermão, mas olhei para ela e vi um sorriso. "Ah, você é atrevida igual a ela."

Minha avó se levantou e foi até o quarto, arrastando os chinelos. Voltou de lá com um pedaço de papel. Papel não, uma fotografia. Na imagem, vi uma mulher barriguda, bem nova, encostada num carro. A mulher sorria. Tinha covinhas e o cabelo igual ao meu, mas solto, bagunçado com o vento. Foi como olhar para o espelho.

Desde que cheguei nessa casa com meus irmãos, a gente nunca falava sobre minha mãe. Era tipo um acordo silencioso. Fiquei confusa (e irritada) quando minha avó me entregou aquela fotografia. Ela apontou para a barriga da mulher na foto e disse: "Aqui era o Graciano."

"Sua mãe fez um sacrifício, Tainara", minha avó disse. Minha mãe podia ter todos os defeitos, e minha avó fez questão de dizer que também tinha sido uma filha difícil, mas ela fez o que era melhor para nós. "Ela deixou vocês aqui pra vocês terem uma vida melhor. Uma vida que ela achou que não ia conseguir dar pra vocês."

Se fosse verdade, talvez Graciano ainda estivesse aqui. Mas aparecia uma chance (pequena) de eu conseguir uma vida melhor. Graciano teria aproveitado. Graciano daria um jeito. Porque continuar aqui é aceitar a posição em que minha mãe nos deixou. Agora entendo que ela foi uma fase da minha vida. Que passou. Que não preciso ficar presa a ela, logo a ela, que deixou a gente para trás.

"Não se preocupa comigo", *minha avó disse. O que eu tenho de atrevida, ela tem de orgulhosa. "Não vou estar sozinha enquanto tiver irmãos e irmãs da igreja por aqui. O Senhor não me abandona." Orgulho às vezes parece fé.*

Foi na sétima série, acho, que a professora de Português falou que era importante escrever histórias com início, meio e fim. Reli tudo o que escrevi neste caderno (para limpar alguns errinhos) e entendi que chegou a hora do fim.

O fim não vem de repente, ele vem aos poucos. Do mesmo jeito que tudo que perdi: meu pai, minha mãe, meu irmão, minha melhor amiga, meu namorado, até meu cachorro. Do mesmo jeito que vou perder essa casa, essa cidade, essa época.

Não sai da minha cabeça o dia em que Kênia disse que me faço de vítima. Eu não queria que este caderno desse razão para ela. Mas que culpa eu tenho de ter perdido tanto? Que culpa eu tenho se minhas memórias são meio tristes? Vai ver minhas memórias doem porque crescer é doloroso. Vai ver tive que perder tudo para ganhar espaço. Espaço para algo grande acontecer.

Com as memórias guardadas aqui, pelo menos ganhei espaço.

Era isso que a professora Érica queria? Entender de onde eu vim, como cheguei aqui? Entender que agora que lembrei, posso esquecer e seguir em frente? É verdade, eu já tenho nota para passar de ano!

Quem sabe quando eu colocar um ponto final, escrever FIM e fechar o caderno, faço essas repetições acabarem também?

Terminar alguma coisa pode ser bom, pra variar.

FIM

Na capa do caderno, Tainara havia escrito com sua melhor caneta glitter: "Tudo o que deixei para trás." Ela não se deu ao trabalho de escrever o nome ou a turma; nunca chegou a entregar o trabalho, embora Érica fosse encontrar seu caderno de qualquer forma, enfiado numa caixa cheia de objetos que um dia foram importantes, largados em uma casa vazia qualquer.

69.

De: facundomercuri@outlook.com
Para: hello@kenia.photo.com
Enviado: 12 dez 2020 23:46
Assunto: Edição

    Como estás, chica?
    Aqui tudo bem, mas muito trabalho. Buenos Aires continua a mesma, mas estranho voltar à rotina. Tenho uma mesa novamente, mas só consigo chegar atrasado. Disseram que voltei brasileiro demais.
    Encontrei Martina outro dia, perguntou de você. Acredita que agora ela é mãe? Te mandou besos.
    Escrevo para saber notícias e também para falar do documentário.
    Comecei a trabalhar na edição do material que você me passou, mas não encontro os vídeos dos depoimentos. Pode ver isso pra mim?
    Besos,
    F.

De: hello@kenia.photo.com
Para: facundomercuri@outlook.com
Enviado: 15 dez 2020 12:02
Assunto: RE: Edição

    Querido, tenho certeza de que passei tudo que tinha para você.
    O que está faltando? Era muito muito muito importante?
    Você não consegue finalizar com o que tem aí?

    Bjo

De: facundomercuri@outlook.com
Para: hello@kenia.photo.com
Enviado: 15 dez 2020 15:29
Assunto: RE: RE: Edição

    Faltam os depoimentos mais longos. Os seus, da Érica, do Tiago, da Rebeca. Não consigo encontrar os arquivos. As fotos também, não estão na pasta que você compartilhou comigo. Procurei várias vezes, tenho certeza de que não tenho aqui.
    Se puder me passar ainda essa semana, já consigo agilizar a edição.

Besos,
F.

De: hello@kenia.photo.com
Para: facundomercuri@outlook.com
Enviado: 17 dez 2020 10:47
Assunto: Material perdido

    Lembra quando te passei meu número novo? Faz uns três meses, mais ou menos. Eu estava indo para a Bahia, parei numa rodoviária em Uberlândia e resolvi passar a noite lá. Indicaram uma pousada, não muito longe da rodoviária, então resolvi ir a pé. Mas era uma rua isolada, lugar esquisito. Eu e minha mania de andar nessas quebradas como se eu fosse local, você sabe. Vinha um sujeito do outro lado da rua e na hora eu soube que ia ser assaltada, mas ele me parou e só perguntou se eu tinha fogo. Sempre tenho fogo. Comecei a tatear os bolsos à procura do isqueiro e ele começou a puxar papo comigo. Disse que eu era gata, perguntou se eu era de lá, essas coisas. Eu já na dúvida se ele ia me assaltar ou me xavecar. O cara tinha bigode, tudo parece meio hostil vindo de uma boca com bigode. Ele devolveu o isqueiro, mas segurou meu braço e disse que ia querer só a bolsa. Só a bolsa! O desgraçado deve ter farejado que tudo o que eu tinha de valor estava ali, não na mochila. Ele não estava armado nem nada, mas o bigode, a rua vazia. Nessas horas a gente imagina o pior. Entreguei, ele foi embora. Levou meu celular, câmera, computador. Tudo.

A sorte é que pegaram o cara e a câmera consegui recuperar na delegacia depois. O computador nunca mais. Tudo o que não estava na nuvem, perdi.

Eu jurava que tinha passado tudo de Alto do Oeste para você. Estava tranquila porque achava que você tinha esse meu backup! Se não está aí, pode ser que tenha ficado no computador. Aquele que não tenho mais. Que merda.

No dia do assalto fiquei arrasada, quis morrer, mas depois me veio um alívio. Menos coisas a me apegar. Faz a gente refletir, sabe? O que é realmente essencial? Será que o que perdi vai me fazer falta?

Vi que não era bem o fim do mundo, que a vida segue e que tudo dá-se um jeito.

Será que não fica como um sinal do Universo sobre o documentário? Vai ver não era para ser mesmo, segue o jogo.

Um dia tomamos uma cerveja para rir disso.

Bjo

PS: estou acompanhando uma comunidade romani, por isso as demoras na resposta. Não é sempre que consigo conexão na estrada.

PS 2: já imagino você surtando "Por que não me contou isso antes", "Como você se deixa ser assaltada", etc. etc., e é por esse exato motivo que não te contei antes. Não me odeie!

De: facundomercuri@outlook.com
Para: hello@kenia.photo.com
Enviado: 18 dez 2020 22:15
Assunto: RE: Material perdido

Ainda estou em choque. Pelo menos você está bem, mas puta merda. Para de andar por aí com essa confiança toda, ok?

Quanto ao material, fico triste demais. Todo aquele trabalho. Estou pensando no que posso fazer. Tenho o material da minha câmera e alguns depoimentos do pessoal da cidade. Mas o coração do documentário, de tudo o que eu tinha imaginado... Não acredito que se perdeu.

Me diz que as fotos você ainda tem. Podemos tentar fazer algo com elas. Vemos isso juntos.

Quando você vem mesmo? Março ou abril?

F.

De: hello@kenia.photo.com
Para: facundomercuri@outlook.com
Enviado: 20 dez 2020 6:45
Assunto: RE: RE: Material perdido

Então: mudança de planos.
Passei naquele edital, vou precisar de uns meses para me dedicar a esse projeto.
O documentário vai ter que ficar para depois, gato.
Argentina: consigo ir, acho, no final do ano que vem.
Consigo te ligar amanhã cedo, conversamos mais. Beleza?

Um cheiro

De: facundomercuri@outlook.com
Para: hello@kenia.photo.com
Enviado: 20 dez 2020 9:12
Assunto: RE: RE: RE: Material perdido

Você é inacreditável, Kênia. Inacreditável.
Desaparece, não dá notícias, perde o material, agora quer adiar o projeto?
Só lembra que foi você quem me encheu o saco para ir para Alto do Oeste.
Pode me ligar a qualquer hora. Fico no aguardo.

F.

70.

DE NOVO SUA MISSÃO ESTAVA CUMPRIDA NAQUELA CIDADE. DA PRIMEIRA VEZ que foi embora, Kênia ainda descobriria o que significava ser adulta; da segunda vez, sabia que ser adulto era continuar sem saber, e apenas fingir muito bem que estava no controle da situação num mundo em que ninguém, ninguém mesmo, sabia o que estava fazendo.

Por isso, não se incomodava com os "E agora?" e variantes que expressavam a necessidade de ter um plano, de saber para onde ir, o que fazer em seguida. Não sabia.

Por exemplo, Xamã: queria levá-lo, embora Facundo não gostasse da ideia da companhia de um cachorro no seu jipe, ainda que fosse apenas até a capital. Questionou a fotógrafa se ela se responsabilizaria de fato com o bicho, se teria condições de alimentá-lo, se poderia levá-lo em suas viagens e, se não pudesse, onde o deixaria. Por que ela fazia questão da companhia de um vira-lata do tipo que brotava em cada esquina de qualquer cidade, isso também era um mistério.

"Para me lembrar das coisas que se perdem", ela poderia ter dito. Mais que lembrar o cachorro perdido de uma amiga que também perdeu, Xamã também representava, como um totem, o tipo de história que Kênia, a partir de então, buscaria na Fotografia.

"Porque olha a carinha desse filho da puta", mais provável que ela tivesse dito isso enquanto coçava o queixo de Xamã, que fechava os olhos de tanto prazer.

Já levavam de Alto do Oeste coisas demais. Tinham todo aquele material, que rendeu a Facundo duas matérias vendidas, uma delas para um canal de TV argentino, num programa vespertino de variedades, onde a misteriosa história da cidade submersa seria exibida depois de uma matéria rápida sobre os Jogos Nômades, sediados nalgum lugar do Quirguistão, com suas exóticas modalidades esportivas.

No almoço de despedida que fizeram no boteco perto da praça, Facundo prometeu que, assim que veiculassem as matérias, daria um jeito de mostrá-las aos amigos alto-oestinos.

"E o documentário, quando fica pronto?" Cleiton estava ansioso para se ver na tela.

"Esse é um trabalho que vai levar mais tempo." Facundo preferia não criar expectativas.

Ele tinha planos maiores para aquela história: inscrever em prêmios, inserir no circuito de festivais. Quem sabe? Mas precisaria de algum tempo para transformar aqueles registros em algo mais parecido com uma história, algo que merecesse ser contado, apesar de se tratar da história de gente comum. Ou talvez justamente por isso. A obsessão com heróis e narrativas de superação parecia a Facundo algo ultrapassado.

Kênia não tinha tanta ambição; achava de bom tamanho ter conseguido vender algumas fotos para uma revista artística de Berlim, mais interessada no registro do trabalho de Tiago MDC do que no trabalho da fotógrafa. Os grafites coloridos em contraste com as ruínas alaranjadas eram mesmo impressionantes; as fotos ilustrariam bem a entrevista — em alemão — com o artista brasileiro em ascensão.

As fotos que tirou aquele dia no almoço de despedida foram descontraídas, com risos, gente meio bêbada, pratos ainda com batata frita e restos de arroz, que saíram sem querer nas imagens por culpa do ângulo mais aberto usado para pegar todos que estavam na mesa.

Érica concentrada em seu PF. Cleiton com os braços erguidos. Tiago e seu sorriso escancarado. O dono do boteco ao fundo, segurando dois cascos de cerveja, a barriga escapando de leve por cima da bermuda. Rebeca abraçada à Jéssica Aparecida, com sorrisos gêmeos. Padre Matias olhando para o outro lado, tentando alcançar as batatas. Kênia tentando excluir da foto a mão que segurava o cigarro, aceso; a boca meio aberta como se orientasse quem quer que estivesse com sua câmera, tentando clicar. Xamã a seu lado, esperando por mais um pedaço de carne. Facundo com os cotovelos sobre a mesa, achando graça de tudo aquilo.

Que terminasse assim, apenas porque era preciso terminar de algum jeito; ainda que se soubesse que aquilo não encerrava nada. As histórias continuariam se sobrepondo, como se acontecessem todas ao mesmo tempo, sem jamais ocupar o espaço uma da outra.

Kênia não se importava se não tirasse mais nada — trabalhos, exposições, dinheiro, o que fosse — das fotografias que havia feito em Alto do Oeste, porque dizia a verdade sobre ter superado a cidade. Ela havia afundado, caramba. Não havia sinal maior de que era preciso seguir a vida, que as coisas acabavam, às vezes sem um propósito maior que desse um sentido a tudo. Não se importava, sobretudo, porque já tinha conseguido o que queria tirar dali. Um tema.

Por isso, quando pela última vez pegou o ônibus-balsa para fora dali, seu último clique mostrou Cleiton acenando um adeus da margem do lago, com Xamã parado atrás, como se tentasse agradecer, do seu jeito mais canino e tranquilo, pela companhia temporária oferecida.

A luz amarelada do fim da tarde coloria por inteiro o pedaço da cidade que era possível enxergar dali, de uma forma que a fotografia até parecia antiga. De fato, era. Fazia muitos, muitos anos que havia sido tirada.

Epílogo

UMA CAIXA, SÓ ISSO. DENTRO DELA, UMA BAGUNÇA DE FOTOGRAFIAS, ANOtações, recortes de jornais, objetos, discos com arquivos de vídeo, mais fotografias. Dentro da caixa, outra caixa. Esta, com objetos ainda mais antigos, fitas cassete, um caderno.

Na etiqueta, apenas o nome: Kênia Lopes. Uma fotógrafa bastante produtiva, mas pouco conhecida. Em vida, deixou alguns trabalhos expostos, outros publicados num livro. No entanto, nada que estivesse dentro desta caixa.

Esta coleção, ainda que abandonada, parece representar o esforço em conservar a memória do que se perdeu. Como se fossem relatos estampados em paredes de cavernas, feitos para narrar a vida de gente antiga, sem nome, extinta. Como se fosse um espelho da mulher que registrou tudo, e que aqui se revela uma viciada na beleza da destruição.

Ela não deixou, contudo, nenhum vestígio de intenção em manter organizados as fotos e arquivos e fragmentos; esse é um trabalho que cabe a nós. As fotografias, afinal, jamais pertenceram à fotógrafa. Ou às pessoas fotografadas. As fotografias pertencem a quem as observa, do futuro. São nossas, portanto, para preenchermos com o que quisermos. Dependendo da ordem em que lemos as imagens e como encaixamos essas peças, a história muda.

Dentro da caixa, entre tantas imagens, vemos a foto de uma parede grafitada; o céu sem nuvens com o azul intenso do calor. O muro laranja e chapiscado faz a imagem parecer ainda mais quente e seca. As cores do grafite parecem saltar para fora da foto, habitantes de uma outra dimensão. No desenho, o rosto gigante de uma garota; ela sorri, as covinhas bem marcadas, e se desfaz no ar em partículas de água.

As fotos parecem dizer a verdade em tudo o que não contam: aquela garota existiu? A pintura era uma representação realista de seu rosto, ou uma versão saída de memórias disformes, sem foco? Ela realmente tinha covinhas?

Dentro de uma caixa, outra caixa. Dentro das duas, a história de uma mulher; dentro dela, a história de outra, e de mais uma, e também daquela. Histórias de mulheres são histórias de vazios. Cheias de lacunas que só podem ser preenchidas com a imaginação.

O que temos são apenas estas imagens, estáticas ou em movimento, escritas com luz ou com letras, que nos lançam um olhar enigmático de quem sabe a resposta. Se Kênia se deu ao trabalho de guardar este material por tanto tempo, talvez quisesse que essa história fosse contada. Não por ela, mas por nós.

Talvez manter tudo escondido não fosse a recusa da fotógrafa em se revelar tanto; Kênia só preferiu desaparecer antes que isso fosse feito. Para criar distância. Para nos dar profundidade para ler, para termos espaço de fazer todo tipo de suposição. Inclusive a de que ela escondeu tudo só porque detestava aparecer nas fotos.

Mapa da exposição

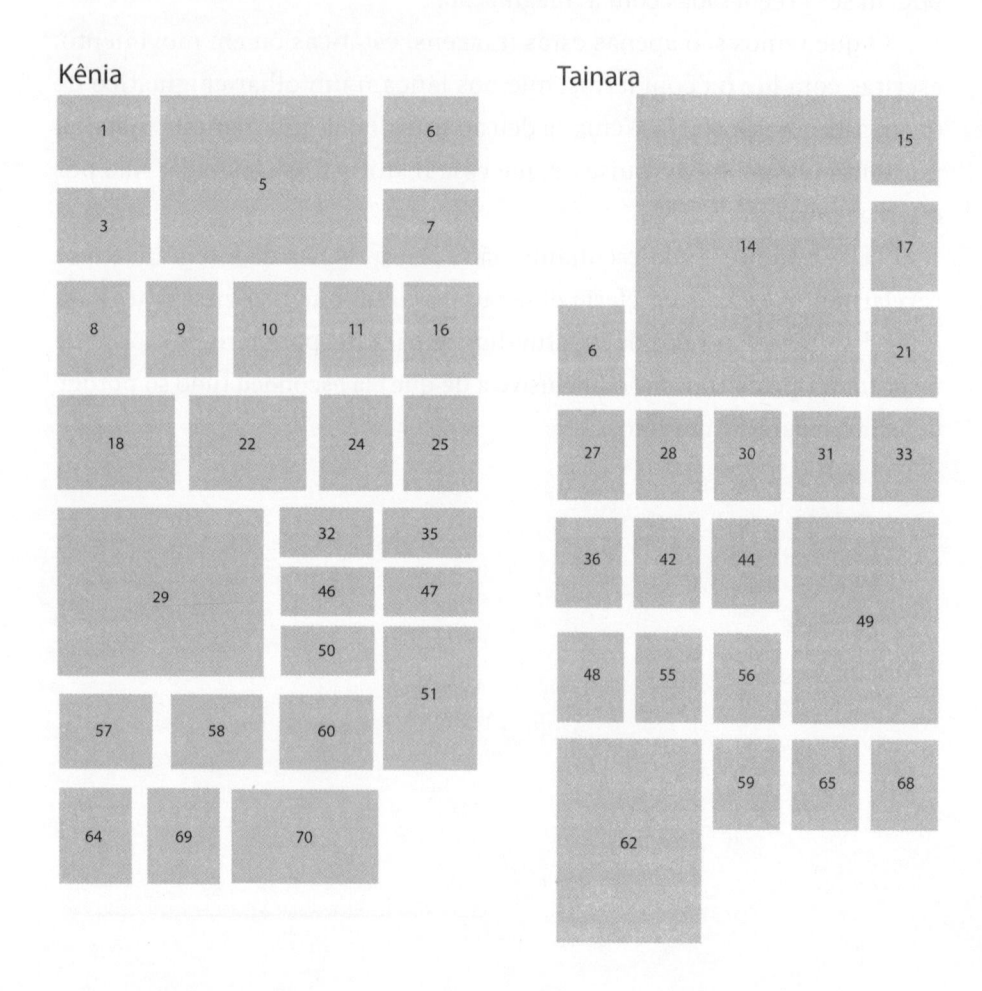

Kênia

Tainara

Érica

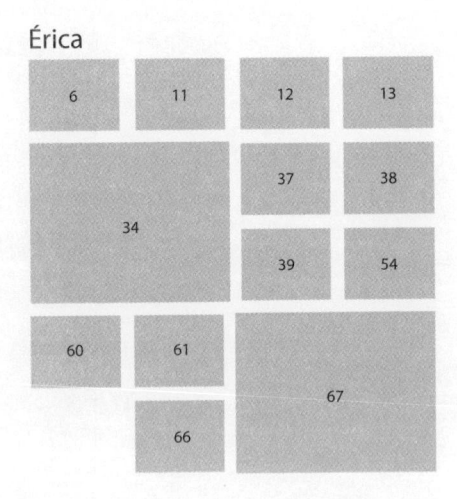

6	11	12	13
34		37	38
		39	54
60	61	67	
	66		

Tiago

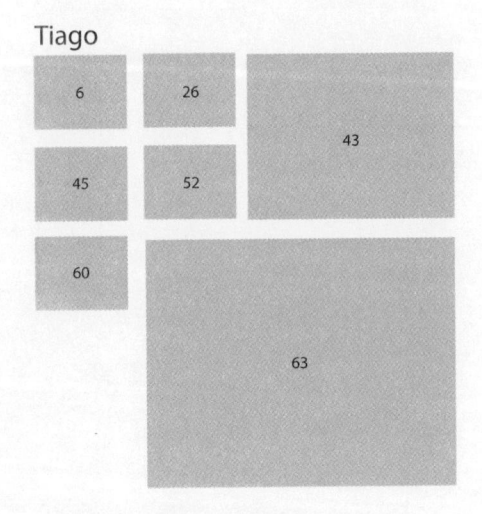

6	26	43
45	52	
60	63	

Agradecimentos

"ÀS VEZES SÃO NECESSÁRIOS MUITOS ANOS PARA TIRAR UMA ÚNICA FOTOGRAfia", já diria Kênia Lopes. O mesmo vale para livros: precisei de uma vida inteira para conseguir escrever este. Nos anos em que sentei para escrever, muitas pessoas passaram pelo meu processo e sou grata a todas elas.

Agradeço ao Marcos Felipe, que me apoiou desde os primeiros esboços, que leu cada versão da história, que me mostrou na prática o que passa pela cabeça de um fotógrafo, que, em incalculáveis horas de conversa, me ajudou a encontrar soluções e a me manter firme e inteira para terminar mais um livro.

Agradeço a toda equipe da Rocco, pelo trabalho de transformar esta exposição no livro que você leu agora. A Paula Drummond e Tiago Lyra pelo trabalho de edição e pelas sugestões que apenas elevaram o texto e a história. A Isabela Sampaio, pelo cuidadoso trabalho de preparação, a Isabel Rodrigues e Armênio Dutra pela revisão, a Jorge Paes por cuidar do visual da capa e a Ana Lima por acompanhar essa jornada.

Agradeço às pessoas queridas que convidei para dentro do meu processo, com quem pude conversar sobre o livro, ou que leram trechos, ou que me ouviram lendo trechos (eu e minha interpretação cativante), ou ainda que leram uma ou mais das trocentas versões que escrevi: Bruna Dutra, Olivia Maia, Eric Novello, Alex Castro, Felipe Castilho, Lourdes Modesto, Gustavo Martins, Paola Vitali, Roger Dutra, Talita Di Iorio.

Também sou grata às apoiadoras e apoiadores que generosamente contribuem com meu trabalho e permitem que eu continue a criar com consistência. A solidão das horas de escrita só é possível graças a quem investe no trabalho de escritoras brasileiras vivas, que é o meu caso (por enquanto).

Por fim, agradeço às pessoas leitoras que me emprestam sua imaginação, que compartilham suas interpretações, que falam sobre a história. É isso o que verdadeiramente dá vida a um livro: a sua leitura. A você que lê, muito obrigada.

Impressão e Acabamento:
EDITORA JPA LTDA.